背影

當代大師・經典之作

朱自清◎著

「背影」這篇散文，彷彿有濃得化不開的深情，
論字數不過是一千餘字，論敘事不過是寫父親的愛；
但只要看過這篇文章，總會有相當深厚的感受，
雖然感受各有不同，但都會被作者的「至情」所吸引、所感動……

關於·朱自清

朱自清，字佩弦，原籍浙江紹興縣。清光緒二十四年（一八九八年）陰曆十月初九日生於江蘇江都縣。民國九年，北京大學文科哲學門畢業。畢業後，曾任杭州浙江省立第一師範、揚州江蘇省立第六師範、吳淞中國公學中學部、溫州浙江省立第六師範、第十中學、寧波浙江省立第四中學、上虞白馬湖春暉中學等校國文教員。民國十四年八月至三十七年任清華大學中國文學系教授、系主任。中間曾休假，遊學歐洲。民國三十七年八月十二日，因胃潰瘍病逝於北平醫院。

他在文學方面有極大的成就，尤以散文爲著，文字精鍊得不能增減一字，初期所寫的詩〈毀滅〉最爲人所稱道。著作最初印行者爲詩文合集《蹤跡》，後有《背影》。旅歐期間，又有《歐遊雜記》。其他還有《雪朝》、《你我》、《倫敦雜記》等。

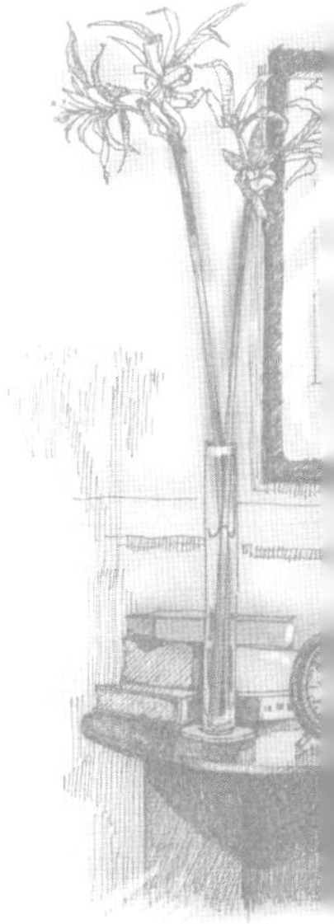

晚年則從事研究，用語言做文學研究的出發點，致力在啓蒙與普及上，著有《詩言辨志研究》、《經典常談》、《標準與尺度》、《語文零拾》、（書評與譯文）、《論雅俗俱賞》、《語文影響及其他》、《略讀指導舉隅》、《精讀指導舉隅》、《國文教學》等書，大有裨益於現代的青年學子。

散文風格

朱自清散文結構嚴謹，脈絡清晰，簡樸平實，平淡自然，簡鍊委婉含蓄，描寫細緻生動，細膩傳神，綺麗纖細，善用比喻，有時則過於精細。朱自清善於言情，情感眞摯動人，清新雋永，用活的口語。他又善於借景抒情，情景交融，富有詩意，絢麗多彩，情調與音韻和諧。

朱自清早期作品，以擅長寫景、抒情見長，如「槳聲燈影裡的秦淮河」、「背影」、「荷塘月色」，也有些作品著重於社會現狀的批評。

評價

朱自清以散文聞名，其中藝術成就較高的是收錄《背影》、《你我》諸集裡的《背影》、《荷塘月色》、《溫州的蹤跡》之二的《綠》等抒情散文。朱自清的散文不僅以描寫見長，並且還在描寫中達到情景交融的藝術境界。他的寫景散文在現代文學的散文創作中佔有重要地位，他運用白話文描寫景緻最具魅力。如《綠》中，就用比喻、對比等手法，細膩深切地畫出了梅雨潭瀑布的質和色，文字刻意求工，顯示出駕馭語言文字的高超技巧。這些文字在他辭世之前就產生了較大的影響，形成了獨特的清麗風格。

李素伯說散文集《背影》給人以「芳香的迷醉」，郁達夫評價朱自清：「他的散文，能夠貯滿一種詩意。」而李廣田評價：「他的作品一開始就建立了一種純正樸實的新鮮作風。」

目錄

背影

我與父親不相見已二年餘了，我最不能忘記的是他的背影。

那年冬天，祖母死了，父親的差使也交卸了，正是禍不單行的日子，我從北京到徐州，打算跟著父親奔喪回家。到徐州見著父親，看見滿院狼籍的東西，又想起祖母，不禁簌簌地流下眼淚。

父親說，「事已如此，不必難過，好在天無絕人之路！」

回家變賣典質，父親還了虧空；又借錢辦了喪事。這些日子，家中光景很是慘澹，一半為了喪事，一半為了父親賦閒。喪事完畢，父親要到南京謀事，我也要回北京念書，我們便同行。

到南京時，有朋友約去遊逛，勾留了一日；第二日上午便須渡江到浦口，下午上車北去。父親因爲事忙，本已說定不送我，叫旅館裡一個熟識的茶房陪我同去。他再三囑咐茶房，甚是仔細。但他終於不放心，怕茶房不妥帖；頗躊躇了一會。其實我那年已二十歲，北京已來往過兩三次，是沒有甚麼要緊的了。他躊躇了一會，終於決定還是自己送我去，我兩三回勸他不必去；他只說，「不要緊，他們去不好！」

我們過了江，進了車站。我買票，他忙著照看行李。行李太多了，得向腳夫行些小費，才可過去。他便又忙著和他們講價錢。我那時眞是聰明過分，總覺得他說話不大漂亮，非自己插嘴不可。但他終於講定了價錢；就送我上車。他給我揀定了靠車門的一張椅子；我將他給我做的紫毛大衣鋪好坐位。他囑我路上小心，夜裡警醒些，不要受涼。又囑託茶房好好照應我。我心裡暗笑他的迂；他們只認得錢，託他們直是白託！而且我這樣大年紀的人，難道還不能料理自己嗎？唉，我現在想想，那時眞是太聰明了！

我說道，「爸爸，你走吧。」他望車外看了看，說，「我買幾個橘子去。你就在此地，不要走動。」我看那邊月臺的柵欄外有幾個賣東西的等著顧客。走到那邊月臺，須穿過鐵道，須跳下去又爬上去。

父親是一個胖子，自然走過去要費事些。我本來要去的，他不肯，只好讓他去。我看見他戴著黑布小帽，穿著黑布大馬褂，深青布棉袍，蹣跚地走到鐵道邊，慢慢探身下去，尚不大難。可是他穿過鐵道，要爬上那邊月臺，就不容易了。他用兩手攀著上面，兩腳再向上縮；他肥胖的身子向左微傾，顯出努力的樣子。

這時我看見他的背影，我的淚很快地流下來了。我趕緊拭乾了淚，怕他看見，也怕別人看見。我再向外看時，他已抱了朱紅的橘子望回走了。過鐵道時，他先將橘子散放在地上，自己慢慢爬下，再抱起橘子走。到這邊時，我趕緊去攙他。他和我走到車上，將橘子一股腦兒放在我的皮大衣上。於是撲撲衣上的泥土，心裡很輕鬆似的。過一會說，「我走了；到那邊來信！」

我望著他走出去。他走了幾步，回過頭看見我，說，「進去吧，裡邊沒人。」等他的背影混入來來往往的人叢裡，再找不著了，我便進來坐下，我的眼淚又來了。

近幾年來，父親和我都是東奔西走，家中光景是一日不如一日。他少年出外謀生，獨力支持，做了許多大事。那知老境卻如此頹唐！他觸目傷懷，自然情不能自己。情鬱於中，自然要發之於外；家庭瑣屑便往往觸他之怒。他待我漸漸不同往日。但最近兩年的不見，他終於忘卻我的不好，只是惦記著我，惦記著我這兒子。

我北來後，他寫了一信給我，信中說道，「我身體平安，惟膀子疼痛利害，舉箸提筆，諸多不便，大約大去之期不遠矣。」

我讀到此處，在晶瑩的淚光中，又看見那肥胖的，青布棉袍，黑布馬褂的背影。唉！我不知何時再能與他相見！

民國十四年十月在北平

給亡婦

謙，日子眞快，一眨眼你已經死了三個年頭了。這三年裡世事不知變化了多少回，但你未必注意這些個，我知道。你第一惦記的是你幾個孩子，第二便輪著我。孩子和我平分你的世界，你在日如此；你死後若還有知，想來還如此的。告訴你，我夏天回家來著；邁兒長得結實極了，比我高一個頭。閏兒父親說是最乖，可是沒有從前胖了。采芷和轉子都好。五兒全家誇她長得好看；卻在腿上生了濕瘡，整天坐在竹床上不能下來，看了怪可憐的。六兒，我怎麼說好，你明白，你臨終時也和母親談過，這孩子是只可以養著玩兒的，他左挨右挨，去年春天，到底沒有挨過去。這孩子生了幾個月，你的肺病就重起來了。我勸你少親近他，只監督著老媽子照管就行。你總是忍不住，一會兒提，一會兒抱的。可是你病中爲他操的那一份兒心也夠瞧的。那一個夏天他病的時候多，你成天兒忙著，湯呀，藥呀，冷呀，暖呀，連覺也沒有好好兒睡過。那裡有一分一毫想著你自己。瞧著他硬朗點兒你就樂，乾枯的笑容在黃蠟般的臉上，我只有暗中嘆氣而已。

從來想不到做母親的要像你這樣。從邁兒起，你總是自己餵乳，一連四個都這樣。你起初不知道按鐘點兒餵，後來知道了，卻又弄不慣；孩子們每夜裡幾次將你哭醒了，特別是悶熱的夏季。我瞧你的覺老沒睡足。白天裡還得做菜，照料孩子，很少得空兒。你的身子本來壞，四個孩子就累你七、八年。到了第五個，你自己實在不成了，又沒乳，只好自己餵奶粉，另雇老媽子專管她。但孩子跟老媽子睡，你就沒有放過心；夜裡一聽見哭，就豎起耳朵聽，工夫一大就得過去看。十六年初，和你到北京來，將邁兒，轉子留在家裡；三年多還不能去接他們，可真把你惦記苦了。你並不常提，我卻明白。你後來說你的病就是惦記出來的；那個自然也有份兒，不過大半還是養育孩子累的。

你的短短的十二年結婚生活，有十一年耗費在孩子們身上；而你一點不厭倦，有多少力量用多少，一直到自己毀滅為止。你對孩子一般兒愛，不問男的女的，大的小的。也不想到什麼「養兒防老，積穀防饑」，只拼命的愛去。你對於教育老實說有些外行，孩子們只要吃得好玩得好就成了。這也難怪你，你自己便是這樣長大的。況且孩子們原都還小，吃和玩本來也要緊。你病重的時候最放不下的還是孩子。病的只剩皮包著骨頭了，總不信自己不會好；老說：「我死了，這一大群孩子可苦了。」後來說送你回家，你想著可以看見邁兒和轉子，也願意；你萬不想到會一去不返的。我送車的時候，你忍不住哭了，說：「還不知能不能再見？」可憐，你的心我知道，你滿想著好好兒帶著六個孩子回來見我的。謙，你那時一定這樣想，一定的。

除了孩子，你心裡只有我。不錯，那時你父親還在；可是你母親死了，他另有個女人，你老早就覺得隔了一層似的。出嫁後第一年你雖還一心一意依戀著他老人家，到第二年上我和孩子可就將你的心佔住，你再沒有多少工夫惦記他了。你還記得第一年我在北京，你在家裡。家裡來信說你待不住，常回娘家去。我動氣了，馬上寫信責備你。你教人寫了一封覆信，說家裡有事，不能不回去。這是你第一次也可以說是第末次的抗議，我從此就沒給你寫信。暑假時帶了一肚子主意回去，但見了面，看你一臉笑，也就拉倒了。打這個時候起，你漸漸從你父親的懷裡跑到我這兒。你換了金鐲子幫助我的學費，叫我以後還你；但直到你死，我沒有還你。你在我家受了許多氣，又因為我家的緣故受你家裡的氣，你都忍著。這全為的是我，我知道，那回我從家鄉一個中學半途辭職出走。家裡人諷你也走。哪裡走！只得硬著頭皮往你家去。那時你家像個冷窖子，你們在窖裡足足住了三個月。

好不容易我才將你們領出來了，一同上外省去。小家庭這樣組織起來了。你雖不是什麼闊小姐，可也是自小嬌生慣養的，做起主婦來，什麼都得幹一兩手；你居然做下去了，而且高高興興地做下去了。菜照例滿是你做，可是吃的都是我們；你至多夾上兩三筷子就算了。你的菜做得不壞，有一位老在行大大地誇獎過你。你洗衣服也不錯，夏天我的綢大褂大概總是你親自動手。你在家老不樂意閒著；坐前幾個「月子」，老是四五天就起床，說是躺著家裡事沒條沒理的。其實你起來也還不是沒條理；咱們家那麼多孩子，那兒來條理？在浙江住的時候，逃過兩回兵難，我都在北平。眞虧你領著母親和一群孩子東藏西躲的；末一回還要走多少里路，翻一道大嶺。這兩回差不多只靠你一個人。你不但帶了母親和孩子們，還帶了我一箱箱的書；你知道我是最愛書的。在短短的十二年裡，你操的心比人家一輩子還多；謙，你那樣身子怎麼經得住！你將我的責任一股腦兒擔負了去，壓死了你；我如何對得起你！

你為我的擀什子書也費了不少神；第一回讓你父親的男佣人從家鄉捎到上海去。他說了幾句閒話，你氣得在你父親面前哭了。第二回是帶著逃難，別人都說你傻子。你有你的想頭：「沒有書怎麼教書？況且他又愛這個玩意兒。」其實你沒有曉得，那些書丟了也不可惜；不過教你怎麼曉得，我平常從來沒和你談過這些個！

總而言之，你的心是可感謝的。這十二年裡你為我吃的苦真不少，可是沒有過幾天好日子。我們在一起住，算來也還不到五個年頭，無論日子怎麼壞，無論是離是合，你從來沒對我發過脾氣，連一句怨言也沒有。

——別說怨我，就是怨命也沒有過。老實說，我的脾氣可不大好，遷怒的事兒有的是。那些時候你往往抽噎著流眼淚，從不回嘴，也不號咷。不過我也只信得過你一個人，有些話我只和你一個人說，因為世界上只你一個人真關心我，真同情我。你不但為我吃苦，更為我分苦；我之有我現在的精神，大半是你給我培養著的。這些年來我很少生病。但我最不耐煩生病，生了病就呻吟不絕，鬧那伺候病的人。你是領教過一回的，那回只一兩點鐘，可是也夠麻煩了。你常生病，卻總不開口，掙扎著起來；一來怕攪我，二來怕沒人做你那份兒事。我有一個壞脾氣，怕聽人生病，也是眞的。後來你天天發燒，自己還以爲南方帶來的瘧疾，一直瞞著我。明明躺著，聽見我的腳步，一骨碌就坐了起來。我漸漸有些奇怪，讓大夫一瞧，這可糟了，你的一個肺已爛了一個大窟窿了！大夫勸你到西山去靜養，你丟不下孩子，又捨不得錢；勸你在家裡躺著，你也丟不下那份兒家務。越看越不行了，這才送你回去。明知凶多吉少，想不到只一個月工夫你就完了！本來盼望還見得著你，這一來可眞拉倒了。你也何嘗想到這個？父親告訴我，你回家獨住著一所小住宅，還嫌沒有客廳，怕我回去不便哪。

前年夏天回家，上你墳去了。你睡在祖父母的下首，想來還不孤單的。只是當年祖父母的墳太小了，你正睡在壙底下。這叫做「坑壙」，在生人看來是不安心的；等著想辦法哪。那時壙上壙下密密地長著青草，朝露浸濕了我的布鞋。你剛埋了半年多，只有壙下多出一塊土，別的全然看不出新墳的樣子。我和隱今夏回去，本想到你墳上來；因爲她病了沒來成。我們想告訴你，五個孩子都好，我們一定盡心教養他們，讓他們對得起死了的母親——你！

謙，好好兒放心安睡吧，你。

民國二十一年十月十一日作

綠

我第二次到仙岩的時候，我驚詫於梅雨潭的綠了。梅雨潭是一個瀑布潭。仙岩有三個瀑布，梅雨潭最低。走到山邊，便聽見花花花花的聲音；抬起頭，鑲在兩條濕濕的黑邊兒裡的，一帶白而發亮的水便呈現於眼前了。我們先到梅雨亭。梅雨亭正對著那條瀑布；坐在亭邊，不必仰頭，便看見它的全體了。亭下深深的便是梅雨亭。這個亭踞在突出的一角的岩石上，上下都空空兒的；彷彿一隻蒼鷹展著翼翅浮在天宇中一般。三面都是山，像半個環兒擁著；人如在井底了。

這是一個秋季的薄陰的天氣。微微的雲在我們頂上流著；岩面與草叢都從潤濕中透出幾分油油的綠意。而瀑布也似乎分外的響了。那瀑布從上面沖下，彷彿已被扯成大小的幾綹；不復是一幅整齊而平滑的布。岩上有許多稜角；瀑流經過時，作急劇的撞擊，便飛花碎玉般亂濺著了。那濺著的水花，晶瑩而多芒；遠望去，像一朵朵小小的白梅，微雨似的紛紛落著。據說，這就是梅雨潭之所以得名了。但我覺得像楊花，格外確切些。輕風起來時，點點隨風飄散，那更是楊花了。

——這時偶然有幾點送入我們溫暖的懷裡，便倏的鑽了進去，再也尋它不著。

梅雨潭閃閃的綠色招引著我們；我們開始追捉她那離合的神光了。揪著草，攀著亂石，小心探身下去，又鞠躬過了一個石穹門，便到了汪汪一碧的潭邊了。瀑布在襟袖之間；但我的心中已沒有瀑布了。我的心隨潭水的綠而搖蕩。那醉人的綠呀！彷彿一張極大極大的荷葉鋪著，滿是奇異的綠呀。我想張開兩臂抱住她；但這是怎樣一個妄想呀。

——站在水邊，望到那面，居然覺著有些遠呢！這平鋪著，厚積著的綠，著實可愛。她鬆鬆的皺纈著，像少婦拖著的裙幅；她輕輕的擺弄著，像跳動的初戀的處女的心；她滑滑的明亮著，像塗了「明油」一般，有雞蛋清那樣軟，那樣嫩，令人想著所曾觸過的最嫩的皮膚；她又不雜些兒塵滓，宛然一塊溫潤的碧玉，只清清的一色——但你卻看不透她！我曾見過北京什剎海拂地的綠楊，脫不了鵝黃的底子，似乎太淡了。我又曾見過杭洲虎跑寺近旁高峻而深密的「綠壁」，叢疊著無窮的碧草與綠葉的，那又似乎太濃了。其餘呢，西湖的波太明了，秦淮河的也太暗了。可愛的，我將什麼來比擬你呢？我怎樣比擬得出呢？大約潭是很深的，故能蘊蓄著這樣奇異的綠；彷彿蔚藍的天融了一塊在裡面似的，這才這般的鮮潤呀。

——那醉人的綠呀！我若能裁你以為帶，我將贈給那輕盈的舞女；她必能臨風飄舉了。我若能挹你以為眼，我將贈給那善歌的盲妹；她必明眸善睞了。我捨不得你；我怎捨得你呢？我用手拍著你，撫摩著你，如同一個十二、三歲的小姑娘。我又掬你入口，便是吻著你了。我送你一個名字，我從此叫你「女兒綠」，好嗎？

我第二次到仙岩的時候，我不禁驚詫於梅雨潭的綠了。

二月八日，溫州作

荷塘月色

這幾天心裡頗不寧靜。今晚在院子裡坐著乘涼，忽然想起日日走過的荷塘，在這滿月的光裡，總該另有一番樣子吧。月亮漸漸地升高了，牆外馬路上孩子們的歡笑，已經聽不見了；妻在屋裡拍著閏兒，迷迷糊糊地哼著眠歌。我悄悄地披了大衫，帶上門出去。

沿著荷塘，是一條曲折的小煤屑路。這是一條幽僻的路；白天也少人走，夜晚更加寂寞。荷塘四面，長著許多樹，蓊蓊鬱鬱的。路的一旁，是些楊柳，和一些不知道名字的樹。沒有月光的晚上，這路上陰森森的，有些怕人。今晚卻很好，雖然月光也還是淡淡的。

路上只我一個人，背著手踱著。這一片天地好像是我的；我也像超出了平常的自己，到了另一世界裡。我愛熱鬧，也愛冷靜；愛群居，也愛獨處。像今晚上，一個人在這蒼茫的月下，什麼都可以想，什麼都可以不想，便覺是個自由的人。白天裡一定要做的事，一定要說的話，現在都可不理。這是獨處的妙處，我且受用這無邊的荷香月色好了。

曲曲折折的荷塘上面，彌望的是田田的葉子。葉子出水很高，像亭亭的舞女的裙。層層的葉子中間，零星地點綴著白花，有裊娜地開著的，有羞澀地打著朵兒的；正如一粒粒的明珠，又如碧天裡的星星，又如剛出浴的美人。

微風過處，送來縷縷清香，彷彿遠處高樓上渺茫的歌聲似的。這時候葉子與花也有一絲的顫動，像閃電般，霎時傳過荷塘的那邊去了。葉子本是肩並肩密密地挨著，這便宛然有了一道凝碧的波痕。葉子底下是脈脈的流水，遮住了，不能見一些顏色；而葉子卻更見風緻了。

月光如流水一般，靜靜地瀉在這一片葉子和花上。薄薄的青霧浮起在荷塘裡。葉子和花彷彿在牛乳中洗過一樣；又像籠著輕紗的夢。雖然是滿月，天上卻有一層淡淡的雲，所以不能朗照；但我以爲這恰是到了好處——酣眠固不可少，小睡也別有風味的。

月光是隔了樹照過來的，高處叢生的灌木，落下參差的斑駁的黑影，峭楞楞如鬼一般；彎彎的楊柳的稀疏的倩影，卻又像是畫在荷葉上。塘中的月色並不均勻；但光與影有著和諧的旋律，如梵婀玲上奏著的名曲。

荷塘的四面，遠遠近近，高高低低都是樹，而楊柳最多。這些樹將一片荷塘重重圍住；只在小路一旁，漏著幾段空隙，像是特為月光留下的。樹色一例是陰陰的，乍看像一團烟霧；但楊柳的丰姿，便在烟霧裡也辨得出。樹梢上隱隱約約的是一帶遠山，只有些大意罷了。樹縫裡也漏著一兩點路燈光，沒精打彩的，似乎是渴睡人的眼，這時候最熱鬧的，要數樹上的蟬聲與水裡的蛙聲；但熱鬧是牠們的，我甚麼也沒有。

忽然想起採蓮的事情來了。採蓮是江南的舊俗，似乎很早就有，而六朝時為盛；從詩歌裡可以約略知道，採蓮的是少年的女子，她們是蕩著小船，唱著艷歌去的。採蓮人不用說很多，還有看採蓮的人。那是一個熱鬧的季節，也是一個風流的季節。梁元帝《採蓮賦》裡說得好：

> 於是妖童媛女，蕩舟心許；鷁首徐回，兼傳羽杯；棹將移而藻掛，船欲動而萍開。爾其纖腰束素，遷延顧步；夏始春餘，葉嫩花初，恐沾裳而淺笑，畏傾船而斂裾。

可見當時嬉游的光景了。這眞是有趣的事，可惜我們現在早已無福消受了。

於是又記起《西洲曲》裡的句子：

> 採蓮南塘秋，蓮花過人頭；低頭弄蓮子，蓮子清如水。

今晚若有採蓮人，這兒的蓮花也算得「過人頭」了；只不見一些流水的影子，是不行的。這令我到底惦著江南了。——這樣想著。猛一抬頭，不覺已是自己的門前；輕輕地推門進去，什麼聲息也沒有，妻已睡熟好久了。

民國十六年七月，北京清華園

春

盼望著，

盼望著，

東風來了，

春天的腳步近了。

一切都像剛睡醒的樣子，欣欣然張開了眼。山朗潤起來了，水長起來了，太陽的臉紅起來了。

小草偷偷地從土裡鑽出來，嫩嫩的，綠綠的。園子裡，田野裡，瞧去，一大片一大片滿是的。坐著，躺著，打兩個滾，踢幾腳球，賽幾趟跑，捉幾回迷藏。風輕悄悄的，草綿軟軟的。

桃樹、杏樹、梨樹，你不讓我，我不讓你，都開滿了花趕趟兒。紅的像火，粉的像霞，白的像雪。花裡帶著甜味，閉了眼，樹上髣髴已經滿是桃兒、杏兒、梨兒。花下成千成百的蜜蜂嗡嗡地鬧著。大小的蝴蝶飛來飛去。野花遍地是：雜樣兒，有名字的，沒名字的，散在花叢裡，像眼睛，像星星，還眨呀眨的。

「吹面不寒楊柳風」，不錯的，像母親的手撫摸著你。風裡帶來些新翻的泥土的氣息，混著青草味，還有各種花的香，都在微微潤濕的空氣裡醞釀。鳥兒將窠巢安在繁花嫩葉當中，高興起來了，呼朋引伴地賣弄清脆的喉嚨，唱出宛轉的曲子，與輕風流水應和著。牛背上牧童的短笛，這時候也成天在嘹高地響。

雨是最尋常的，一下就是三兩天。可別惱。看，像牛毛，像花針，像細絲，密密地斜織著，人家屋頂上全籠著一層薄烟。樹葉子卻綠得發亮，小草也青的逼你的眼。

傍晚時候，上燈了，一點點黃暈的光，烘托出一片安靜而和平的夜。鄉下去，小路上，石橋邊，撐起傘慢慢走著的人；還有地裡工作的農夫，披著簑，戴著笠的。他們的草屋，稀稀疏疏的在雨裡靜默著。

天上風箏漸漸多了，地上孩子也多了。城裡鄉下，家家戶戶，老老小小，他們也趕趟兒似的，一個個都出來了。舒活舒活筋骨，抖擻抖擻精神，各做各的一份事去。「一年之計在於春」；剛起頭兒，有的是工夫，有的是希望。

春天像剛落地的娃娃，從頭到腳都是新的，它生長著。

春天像小姑娘，花枝招展的，笑著，走著。

春天像健壯的青年，有鐵一般的胳膊和腰腳，領著我們上前去。

兒女

我現在已是五個兒女的父親了。想起聖陶喜歡用的「蝸牛背了殼」的比喻，便覺得不自在。新近一位親戚嘲笑我說，「要剝層皮呢！」更有些悚然了。十年前剛結婚的時候，在胡適之先生的《藏暉室劄記》裡，見過一條，說世界上有許多偉大的人物是不結婚的；文中並引培根的話，「有妻子者，其命定矣。」

當時確喫了一驚，彷彿夢醒一般；但是家裡已是不由分說給娶了媳婦，又有甚麼可說？現在是一個媳婦，跟著來了五個孩子；兩個肩頭上，加上這麼重一付擔子，眞不知怎樣走才好。「命定」是不用說了；從孩子們那一面說，他們該怎樣長大，也正是可以憂慮的事。我是個徹頭徹尾自私的人，做丈夫已是勉強，做父親更是不成。自然，「子孫崇拜」，「兒童本位」的哲理或倫理，我也有些知道；既做著父親，閉了眼抹殺孩子們的權利，知道是不行的。可惜這只是理論，實際上我是仍舊按照古老的傳統，在野蠻地對付著，和普通的父親一樣。近來差不多是中年的人了，才漸漸覺得自己的殘酷；想著孩子們受過的體罰和叱責，始終不能辨解——像撫摩著舊創痕那樣，我的心酸溜溜的。看一回，讀了有島武郎《與幼小者》的譯文，對了那種偉大的，沈摯的態度，我竟流下淚來了。去年父親來信，問起阿九，那時阿九還在白馬湖呢；信上說，「我沒有耽誤你，你也不要耽誤他才好。」我爲這句話哭了一場；我爲什麼不像父親的仁慈？我不該忘記，父親怎樣待我們來著！人性許眞是二元的，我是這樣地矛盾；我的心像鐘擺似的來去。

你讀過魯迅先生的《幸福的家庭》嗎？我的便是那一類的「幸福的家庭」！每天午飯和晚飯，就如兩次潮水一般。先是孩子們你來他去地在廚房與飯間裡查看，一面催我或妻發「開飯」的命令。急促繁碎的腳步，夾著笑和嚷，一陣陣襲來，直到命令發出爲止。他們一遞一個地跑著喊著，將命令傳給廚房裡傭人；便立刻搶著回來搬凳子。於是這個說，「我坐這兒！」那個說，「大哥不讓我！」大哥卻說，「小妹打我！」我給他們調解，說好話。但是他們有時候很固執，我有時候也不耐煩，這便用著叱責了；叱責還不行，不由自主地，我的沉重的手掌便到他們身上了。於是哭的哭，坐的坐，局面才算定了。接著可又你要大碗，他要小碗，你說紅筷子好，他說黑筷子好；這個要乾飯，那個要稀飯，要茶要湯，要魚要肉，要豆腐，要蘿蔔；你說他菜多，他說你菜好。妻是照例安慰著他們，但這顯然是太迂緩了。我是個暴躁的人，怎麼等得及？不用說，用老法子將他們立刻征服了；雖然有哭的，不久也就抹著淚捧起碗了。喫完了，紛紛爬下凳子，桌上是飯粒呀，湯汁呀，骨頭呀，渣滓呀，加上縱橫的筷子，欹斜的匙子，就如一塊花花綠綠的地圖模型。

喫飯而外，他們的大事是遊戲。遊戲時，大的有大主意，小的有小主意，各自堅持不下，於是爭執起來；或者大的欺負了小的，或者小的竟欺負了大的，被欺負的哭著嚷著，到我或妻的面前訴苦；我大抵仍舊要用老法子來判斷的，但不理的時候也有。最爲難的，是爭奪玩具的時候：這一個的與那一個的是同樣的東西，卻偏要那一個的；而那一個便偏不答應。在這種情形之下，不論如何，終於是非哭了不可的。這些事件自然不至於天天全有，但大致總有好些起。我若坐在家裡看書或寫什麼東西，管保一點鐘裡要分幾回心，或站起來一兩次的。若是雨天或禮拜日，孩子們在家的多，那麼，攤開書竟看不上一行，提起筆也寫不出一個字的事，也有過的。我常和妻說，「我們家眞是成日的千軍萬馬呀！」有時是不但「成日」，連夜裡也有兵馬在進行著，在有喫乳或生病的孩子的時候！

我結婚那一年，才十九歲。二十一歲，有了阿九；二十三歲，又有了阿菜。那時我正像一匹野馬，那能容忍這些累贅的鞍韉，轡頭，和繮繩？擺脫也知是不行的，但不自覺地時時在擺脫著。現在回想起來，那些日子，眞苦了這兩個孩子；眞是難以寬宥的種種暴行呢！阿九才兩歲半的樣子，我們住在杭州的學校裡。不知怎地，這孩子特別愛哭，又特別怕生人。一不見了母親，或來了客，就哇哇地哭起來了。學校裡住著許多人，我不能讓他擾著他們，而客人也總是常有的。我懊惱極了，有一回，特地騙出了妻，關了門，將他按在地下打了一頓。這件事，妻到現在說起來，還覺得有些不忍；他說我的手太辣了，到底還是兩歲半的孩子！我近年常想著那時的光景，也覺黯然。阿菜在臺州，那是更小了；才過了週歲，還不大會走路。也是爲了纏著母親的緣故吧，我將她緊緊地按在牆角裡，直哭喊了三四分鐘；

因此生了好幾天病。妻說，那時眞寒心呢！但我的苦痛也是眞的。我曾給聖陶寫信，說孩子們的磨折，實在無法奈何；有時竟覺著還是自殺的好。這雖是氣憤的話，但這樣的心情，確也有過的。

後來孩子是多起來了，磨折也磨折得久了，少年的鋒棱漸漸地鈍起來了；加以增長的年歲增長了理性的裁制力，我能夠忍耐了——覺得從前眞是一個「不成材的父親」，如我給另一個朋友信裡所說。但我的孩子們在幼小時，確比別人的特別不安靜，我至今還覺如此。我想這大約還是由於我們撫育不得法；從前只一味地責備孩子，讓他們代我們負起責任，卻未免是可恥的殘酷了！

正面意義的「幸福」，其實也未嘗沒有。正如誰所說，小的總是可愛，孩子們的小模樣，小心眼兒，確有些教人捨不得的。阿毛現在五個月了，你用手指去撥弄她的下巴，或向她做趣臉，她便會張開沒牙的嘴格格地笑，笑得像一朵正開的花。她不願在屋裡待著；待久了，便大聲兒嚷。妻常說，「姑娘又要出去溜達了。」她說她像鳥兒般，每天總得到外面溜一些時候。潤兒上個月剛過了三歲，笨得很，話還沒有學好呢。他只能說三四個字的短語或句子，文法錯誤，發音模糊，又得費氣力說出；我們老是要笑他的。他說「好」字，總變成「小」字；問他「好不好」？他便說「小」，或「不小」。我們常常逗著他說這個字玩兒；他似乎有些覺得，近來偶然也能說出正確的「好」字了——特別在我們故意說成「小」字的時候。他有一只搪瓷碗，是一毛來錢買的；買來時，老媽子教給他，「這是一毛錢。」他便記住「一毛」兩個字，管那只碗叫「一毛」，有時竟省稱爲「毛」。這在新來的老媽子，是必需翻譯了才懂的。他不好意思，或見著生客時，便咧著嘴癡笑，我們常用了土話，叫他做「呆瓜」。他是個小胖子，短短的腿，走起路來，蹣跚可笑；若快走或跑，便更「好看」了。他有時學我，將兩手疊在背後，一搖一擺的；那是他自己和我們都要樂的。

他的大姊便是阿菜，已是七歲多了，在小學校裡念著書。在飯桌上，一定得囉囉唆唆地報告些同學或他們父母的事情；氣喘喘地說著，不管你愛聽不愛聽。說完了總問我：「爸爸認識嗎？」「爸爸知道嗎？」妻常禁止她喫飯時說話，所以她總是問我。她的問題眞多：看電影便問電影裡的是不是人？是不是眞人？怎麼不說話？看照相也是一樣。不知誰告訴她，兵是要打人的。她回來便問，兵是人嗎？爲什麼打人？近來大約聽了先生的話，回來又問張作霖的兵是幫誰的？蔣介石的兵是不是幫我們的？諸如此類的問題，每天短不了，常常鬧得我不知怎樣答才行。她和潤兒在一處玩兒，一大一小，不很合式，老是吵著哭著。但合式的時候也有：譬如這個往床底下躲，那個便鑽進去追著；這個鑽出來，那個也跟著——從這個床到那個床，只聽見笑著，嚷著，喘著，眞如妻所說，像小狗似的。現在在京的，便只有這三個孩子；阿九和轉兒是去年北來時，讓母親暫時帶回揚州去了。

阿九是歡喜書的孩子。他愛看《水滸》，《西遊記》，《三俠五義》，《小朋友》等，沒有事便捧著書坐著或躺著看。只不歡喜《紅樓夢》，說是沒有味兒。是的，《紅樓夢》的味兒，一個十歲的孩子，哪裡能領略呢？去年我們事實上只能帶兩個孩子來；因爲他大些，而轉兒是一直跟著祖母的，便在上海將他倆丟下。我清清楚楚記得那分別的一個早上。我領著阿九從二洋涇橋的旅館出來，送他到母親和轉兒住著的親戚家去。妻囑咐說，「買點喫的給他們吧。」我們走過四馬路，到一家茶食鋪裡。阿九說要燻魚，我給買了；又買了餅乾，是給轉兒的。便乘電車到海寧路。下車時，看著他的害怕與累贅，很覺惻然。到親戚家，因爲就要回旅館收拾上船，只說了一兩句話便出來；轉兒望望我，沒說什麼，阿九是和祖母說什麼去了。我回頭看了他們一眼，硬著頭皮走了。後來妻告訴我，阿九背地裡向她說，「我知道爸爸歡喜小妹，不帶我上北平去。」其實這是冤枉的。他又曾和我們說，「暑假時一定來接我啊！」我們當時答應著；但現在已是第二個暑假了，他們還在迢迢的揚州待著。他們是恨著我們呢？還是惦著我們呢？妻是一年來老放不下這兩個，常常獨自暗中流淚；但我有什麼法子呢！想到「只為家貧成聚散」一句無名的詩，不禁有些淒然。轉兒與我較生疏些。但去年離開白馬湖時，她也曾用了生硬的揚州話，（那時她還沒有到過揚州呢），和那特別尖的小嗓子向著我：「我要到北平去。」她曉得什麼北平，只跟著大孩子們說吧了；但當時聽著，現在想著的我，卻眞是抱歉呢。這兄妹倆離開我，原是常事，離開母親，雖也有過一回，這回可是太長了；小小的心兒，知道是怎樣忍耐那寂寞來著！

我的朋友大概都是愛孩子的。少谷有一回寫信責備我，說兒女的吵鬧，也是很有趣的，何至可厭到如我所說；他說他眞不解。子愷爲他家華瞻寫的文章，眞是「藹然仁者之言」。聖陶也常常爲孩子操心：小學畢業了，到什麼中學好呢？——

這樣的話，他和我說過兩三回了。我對他們只有慚愧！可是近來我也漸漸覺著自己的責任。我想，第一該將孩子們團聚起來，其次便該給他們些力量。我親眼見過一個愛兒女的人，因爲不曾好好地教育他們，便將他們荒廢了。他並不是溺愛，只是沒有耐心去料理他們，他們便不能成材了。我想我若照現在這樣下去，孩子們也便危險了。我得計畫著，讓他們漸漸知道怎樣去做人才行。但是要不要他們像我自己呢？這一層，我在白馬湖教初中學生時，也曾從師生的立場上問過丏尊，他毫不躊躇地說，「自然囉。」近來與平伯談起教子，他卻答得妙，「總不希望比自己壞囉。」是的，只要不「比自己壞」就行，「像」不「像」倒是不在乎的。職業，人生觀等，還是由他們自己去定的好；自己頂可貴，只要指導，幫助他們去發展自己，便是極賢明的辦法。

予同說，「我們得讓子女在大學畢了業，才算盡了責任。」ＳＫ說，「不然，要看我們的經濟，他們的材質與志願；若是中學畢了業，不能或不願升學，便去做別的事，譬如做工人吧，那也並非不行的。」自然，人的好壞與成敗，也不盡靠學校教育；說是非大學畢業不可，也許只是我們的偏見。在這件事上，我現在毫不能有一定的主意；特別是這個變動不居的時代，知道將來怎樣？好在孩子們還小，將來的事且等將來吧。目前所能做的，只是培養他們基本的力量——胸襟與眼光；孩子們還是孩子們，自然說不上高的遠的，慢慢從近處小處下手便了。這自然也只能先按照我自己的樣子；「神而明之，存乎其人，」光輝也罷，倒楣也罷，平凡也罷，讓他們各盡各的力去。我只希望如我所想的，從此好好地做一回父親，便自稱心滿意。——想到那「狂人」「救救孩子」的呼聲，我怎敢不悚然自勉呢？

民國十七年六月二十四日晚寫畢，北京清華園。

山野綴拾

我最愛讀遊記，現在是初夏了；在遊記裡卻可以看見爛漫的春花，舞秋風的落葉……——都是我惦記著，盼望著的！這兒是白馬湖；讀遊記的時候，我卻能到神聖莊嚴的羅馬城，純樸幽靜的Loisieux村——都是我羨慕著，想像著的！遊記裡滿是夢：「後夢趕走了前夢，前夢又趕走了大前夢」，這樣地來了又去，來了又去；像樹梢的新月，像山後的晚霞，像田間的螢火，像水上的笛聲，像隔座的茶香，像記憶中的少女，這種種都是夢。

我在中學時，便讀了康更甡的歐洲十一國遊記，——實在只有（？）意大利遊記——當時做了許多好夢；滂卑（龐貝）古城最是我低徊留戀而不忍去的！那時柳子潭的山水諸記，也常常引我入勝。後來得見洛陽伽藍記，記者寺的繁華壯麗，令我神往；又得見水經注，所記奇山異水，或令我驚心動魄，或讓我遊目騁懷。（我所謂「遊記」，意義較通用者稍廣，故將後兩種也算在內。）這些或記風土人情，或記山川勝跡，或記「美好的昔日」，或記美好的今天，都有或濃或淡的彩色，或工或潑的風致。而我近來讀山野掇拾，和這些又是不同；在這本書裡，寫著的只是「大陸的一角」，「法國的一區」，並非特著的勝地，膾炙人口的名勝，所以一空依傍，所有的好處都只是作者自己的發見！

前舉幾種中，只有柳子厚的諸作也如是如此寫出的；但柳氏僅記風物，此書卻兼記文化——如Vicard序中所言。所謂「文化」，也並非在我們平日意想中的龐然巨物，只是人情的美，而書中寫Loisieux村的文化，實較風物為更多，這又有以異乎人。而書中寫Loisieux村的文化，實在也非寫Loisieux村的文化，只是作者孫福熙先生暗暗地巧巧地告訴我們他的哲學他的人生哲學，所以寫的是「法國的一區」，寫的也就是他自己，他自己說得好：

我本想儘量掇拾山野風味的，不知不覺的掇拾了許多掇拾者自己。

但可愛的正是這個「自己」，可貴的也正是這個「自己」！

孫先生自己說：這本書是記述「人類的大生命分配於他的式樣的」，我們且來看看他的生命究竟是什麼式樣。世界有兩種人；一種是大刀闊斧的人，一種是細鍼密線的人。前一種人眞是一把「刀」，一把斬亂麻的快刀！什麼糾紛，什麼葛籐，到了他手裡，都是一刀兩斷，——正眼也不去瞧，不用說靠他理紛解結了！他行事只看準幾條大幹，其餘的萬千枝葉，都一掃個精光；所謂「擒賊必擒王」，也所謂「以不了了之」，英雄豪傑是如此辦法；他們所圖遠大，是不屑也無暇顧念那些瑣細的節目，蠢漢笨伯也是如此辦法；他們卻只圖省事，他們的思力不足，不足剖析入微，鞭辟入裡；如兩個小兒爭鬧，做父親的更不思索，便照例每人給一個耳光！這眞是「不亦快哉」！但你我若既不能爲英雄豪傑，又不甘做蠢漢笨伯，便自然而然只能企圖做後一種人。這種人凡事要問底細；「打破沙缸問到底！還要問沙缸從那裡起？」他們於一言一動之微，一沙一石之細，都不輕輕放過！從前人將桃核雕成一隻船，船上有蘇東坡，黃魯直，佛印等；或於元旦在一粒芝麻上寫「天下太平」四字，以驗目力：便是這種癖氣的一面。他們不注重一千一萬，而注意一毫一厘；他們覺得這一毫一厘便是那一千一萬的具體而微——只要將這一毫一厘看得透

徹，正和照相的放大一樣，其餘也可想見了。

他們所以於每事每物，必要拆開來看，拆穿來看，無論錙銖之別，淄澠之辨，總要看出而後已，正如顯微鏡一樣。這樣可以辨出許多新異的滋味，乃是他們獨得的祕密，總之，他們對於怎樣微渺的事物，都覺出驚；而常人則孰視無覩！故他們是常人而又有以異乎常人，這兩種人——孫先生，畫家，若容我用中國畫來比，我將說前者是「潑筆」，後者是「工筆」，孫先生自己是「工筆」，是後一種人。他的朋友號他為「細磨細琢的春臺」，眞不錯，他的全部都在這兒了！他紀念他的姑母和父親，他說他們以細琢細磨的工夫傳給他，然而他遠不如他們了，從他的父親那裡，他知道「一句話中，除字面上的意思之外，還有別的話在裡邊，只聽字面，還遠不能聽懂說話者的意思哩」。

這本書的長處，也就是「別的話」這一點；乍看豈不是淡淡的？緩緩咀嚼一番，便會有濃密之滋味從口角流出！你若看過瀼瀼的朝露，皺皺的水波，茫茫的冷月，薄薄的女衫，你若吃過上好的皮絲，鮮嫩的毛筍，新製的龍井茶；你一定懂得我的話。

我最覺得有味的是孫先生的機智。孫先生收藏的本領眞好！他收藏著怎樣多的雖微末卻珍異的材料，就如慈母收藏果餌一樣；偶然拈出一兩件來，令人驚異他的富有！其實東西本不稀奇，經他一收拾，便覺不凡了。他於人們忽略的地方，加倍地描寫，使你於平常身歷之境，也會有驚異之感。

他的選擇的工夫又高明！那分析的描寫與精彩的對話，足以顯出他敏銳的觀察力。所以他的書既富於自己的個性。一面也富於他人的個性，無怪乎他自己也會覺得他的富有了。他的分析的描寫含有論理的美，就是精嚴與圓密；像一個紮縛停當的少年武士，英姿颯爽而又嫵媚可人！又像醫生用的小解剖刀，銀光一閃，骨肉判然！你或者覺得太瑣屑了，太膩煩了；但這不是膩煩和瑣屑，這乃是優閑（Idle）。優閑也是人生的一面，其必要正和不閑優一樣！他的對話的精彩，也正在優閑這一面！這才眞是Loisieux村人的話，因爲眞的鄉村生活是優閑的。他在這些對話中，介紹我們面晤一個個活潑潑的Loisieux村人！

總之，我們讀這本書，往往能由幾個字或一句話裡，窺見事的全部，人的全性；這便是我所謂「孫先生的機智」了。孫先生是畫家。他從前有過一篇遊記，以

「畫」名文，題爲「赴法途中漫畫」；篇首有說明，深以作文不能如作畫爲恨。其實他只是自謙；他的文幾乎全是畫，他的作文便是以文字作畫！他敘事，抒情，寫景，固然是畫，就是說理，也還是畫。人家說「詩中有畫」，孫先生是文中有畫；不但文中有畫，畫中還有詩，詩中還有哲學。

我說過孫先生的畫工，現在再來說他的詩意——畫本是「無聲詩」呀。他這本書是寫民間樂趣的；但他有些什麼樂趣呢？採葡萄的落後是一；畫風柳紙爲風吹，畫瀑布紙爲水濺是二；與綠的蚱蜢，黑的螞蟻等「合畫」是三。

這些是他已經說出的，但重要的是那未經說出的「別的話」，他愛村人的性格，那純樸，溫厚，樂天，勤勞的性格。他們「反正不想與人相打」；他們不畏縮，不鄙夷，愛人而又自私，藏匿而又坦白；他們只是作工，只是太作工，「眞不要自己的性命」，——非爲衣食，也非不爲衣食，也是渾然的一種趣味。這些正都是他們健全的地方！你或者要笑他們沒有理想，如書中R君夫婦之笑他們雇來的工人；但「沒有理想」的可笑，不見得比「有理想」的可笑更甚——在現在的我們，「原始的」與「文化的」實覺得一般可愛。而這也並非全爲了對比的趣味，「原始的」實是更近於我們所常讀的詩，實是「別有繫人心處」！

譬如我讀這本書，就常常覺得是在讀面熟得很的詩！「村人的性格」還有一個「聯號」，便是「自然的風物」。孫先生是畫家，他之愛自然的風物，是不用說的；而自然的風物便是自然的詩，也似乎不用說的。孫先生是畫家，他更愛自然的動象，說也是一種社會的變幻。他愛風吹不絕的柳樹，他愛水珠飛濺的瀑布，他愛綠的蚱蜢，黑的螞蟻，赭褐的六足四翼不曾相識的東西；牠們雖怎樣地困苦他，但卻是活的畫，生命的詩！

——在人們裡，他最愛老年人和小孩子。他敬愛辛苦一生至今扶杖也不能行了的老年人，他更羨慕見火車而抖的小孩子。是的，老年人如已熟的果樹，滿垂著沉沉的果實，任你去摘了吃；你只要眼睛亮，手法好，必能果腹而回！小孩子則如剛打朵兒的花，蘊藏著無窮的允許；這其間有紅的，綠的，有濃的，淡的，有小的，有大的，有單瓣的，有重瓣的，有香的，有努力開花的，有努力結實的——結女人臉般的蘋果，黃金般的梨子，珠子般的紅櫻桃，瓔珞般的紫葡萄……而小姑娘尤爲可愛！

——讀了這本書的，誰不愛那叫喊尖利的「啊！」的小姑娘呢？其實胸懷闊朗的人，什麼於他都是朋友；他覺一切東西裡都有些意思，在習俗的衣裳底下，躲藏著新鮮的身體。憑著這點意思去發展自己的生活，便是詩的生活。「孫先生的詩意」，也便在這兒。

在這種生活的河裡伏流著的，便是孫先生的哲學了。他是個含忍與自制的人，是個中和的（Moderate）人；他不能脫離自己，同時卻也理會他人。他要盡量的理會他人的苦樂，——或苦中之樂，或樂中之苦，——免得眼睛生在額上的鄙夷他人，或脅肩諂笑的阿諛他人。因此他論城市與鄉村，男子與女子，團體與個人！都能尋出他們各自的長處與短處。但他也非一味寬容的人，像「爛麵糊盆」一樣；他是不要階級的，他同情於一切——便是牛也非例外，他說：

「我們住在宇宙的大鄉土中，一切孩兒都在我們的心中；沒有一個鄉土不是我的鄉土，沒有一個孩兒不是我的孩兒！」這是最大的「寬容」，但是只有一條路的「寬容」——其實已不能叫做「寬容」了。在這「未完的草稿」的世界之中，他雖還免不了疑慮與鄙夷，他雖鄙夷人間的爭鬧，以為和三個小蟲的權利問題一樣；但他到底能從他的「淚珠的鏡中照見自己以至於一切大千世界的將來的笑影了」。

他相信大生命是有希望的；他相信便是那「沒有果實，也沒有花」的老蘋菓樹，那「只有折斷而且曾經枯萎的老幹上的所生的稀少的枝葉」的老蘋菓樹，「也預備來年開得比以前更繁榮的花，結得更香美的果！」在他的頭腦裡，世界是不會陳舊的，因爲他能夠常常從新做起；他並不長嘘短歎，叫著不足，他只盡他的力做就是了，他教中國人不必自餒；眞的，他眞是個不自餒的人！他寫出這本書是不自餒，他別的生活也必能不自餒的！或者有人說他的思想近乎「圓通」但他的本意只是「中和」並無容得下「調和」的餘地，他既「從來不會所謂漂亮及出風頭的事」，自然只能這樣緩緩地鍥而不舍地去開墾他的樂土！這和他的畫筆，詩情，同爲他的「細磨細琢的功夫」的表現。

書中有孫先生的幾幅畫。我最愛「在夕陽的撫弄中的湖景」一幅；那是色彩的世界，而本書的裝飾與安排，正如湖景之因夕陽撫弄而可愛，也因孫先生撫弄（若我猜得不錯）而可愛！在這些裡，我可以看見「細磨細琢的春臺」呢！

女人

白水是個老實人，又是個有趣的人。他能在談天的時候，滔滔不絕地發出長篇大論。這回聽勉子說，日本某雜誌上有《女？》一文，是幾個文人以「女」為題的桌話的紀錄。他說，「這倒有趣，我們何不也來一下？」我們說，「你先來！」他搔了搔頭髮道：「好！就是我先來；你們可別臨陣脫逃才好。」我們知道他照例是開口不能自休的。果然，一番話費了這多時候，以致別人只有補充的工夫，沒有自敘的餘裕。那時我被指定為臨時書記，曾將桌上所說，拉雜寫下。現在整理出來，便是以下一文。因為十之八是白水的意見，便用了第一人稱，作為他自述的模樣；我想，白水大概不至於不承認吧？

老實說，我是個歡喜女人的人；從國民學校時代直到現在，我總一貫地歡喜著女人。雖然不曾受著什麼「女難」，而女人的力量，我確是常常領略到的。女人就是磁石，我就是一塊軟鐵；爲了一個虛構的或實際的女人，獃獃的想了一兩點鐘，乃至想了一兩個星期，眞有不知肉味的光景——這種事是屢屢有的。

在路上走，遠遠的有女人來了，我的眼睛便像蜜蜂們嗅著花香一般，直攫過去。但是我很知足，普通的女人，大概看一兩眼也就夠了，至多再掉一回頭。像我的一位同學那樣，遇見了異性，就立正——向左或向右轉，仔細用他那兩隻近視眼，從眼鏡下面緊緊追出去半日半日，然後看不見，向後開步走——我是用不著的。我們地方有句土話說：「乖子望一眼，獃子望到晚；」我大約總是「乖子」一邊了。

我到無論什麼地方，第一總是用我的眼睛去尋找女人。在火車裡，我必走遍幾輛車去發見女人；在輪船裡，我必走遍全船去發見女人。我若找不到女人時，我便逛遊戲場去，趕廟會去，——我大膽地加一句——參觀女學校去；這些都是女人多的地方。於是我的眼睛更忙了！我拖著兩隻腳跟著她們走，往往直到疲倦爲止。

我所追尋的女人是什麼呢？我所發見的女人是什麼呢？這是藝術的女人。從前人將女人比做花，比做鳥，比做羔羊；他們只是說，女人是自然手裡創造出來的藝術，使人們歡喜讚嘆——正如藝術的兒童是自然的創作，使人們歡喜讚嘆一樣。不獨男人歡喜讚嘆，女人也歡喜讚嘆；而「妒」便是歡喜讚嘆的另一面，正如「愛」是歡喜讚嘆的一面一樣。受歡喜讚嘆的，又不獨是女人，男人也有。「此柳風流可愛，似張緒當年，」便是好例；而「美丰儀」一語，尤為「史不絕書」。但男人的藝術氣分，似乎總要少些；賈寶玉說得好：男人的骨頭是泥做的，女人的骨頭是水做的。這是天命呢？還是人事呢？我現在還不得而知；只覺得事實是如此罷了。

——你看，目下學繪畫的「人體習作」的時候，誰不用了女人做他的模特兒呢？這不是因為女人的曲線更為可愛嗎？我們說，自有歷史以來，女人是比男人更其藝術的；這句話總該不會錯吧？

所以我說，藝術的女人。所謂藝術的女人，有三種意思：是女人中最為藝術的，是女人的藝術的一面，是我們以藝術的眼去看女人。我說女人比男人更其藝術的，是一般的說法；說女人中最為藝術的，是個別的說法。

——而「藝術」一詞，我用它的狹義，專指眼睛的藝術而言，與繪畫，雕刻，跳舞同其範類。藝術的女人便是有著美好的顏色和輪廓和動作的女人，便是她的容貌，身材，姿態，使我們看了感到「自己圓滿」的女人。這裡有一塊天然的界碑，我所說的只是處女，少婦，中年婦人，那些老太太們，爲她們的年歲所侵蝕，已上了凋零與枯萎的路途，在這一件上，已是落伍者了。女人的圓滿相，只是她的「人的諸相」之一；她可以有大才能，大智慧，大仁慈，大勇毅，大貞潔等等，但都無礙於這一相。諸相可以幫助這一相，使其更其臻於充實；這一相也可幫助諸相，分其圓滿於它們，有時更能遮蓋它們的缺處。我們之看女人，若被她的圓滿相所吸引，便會不顧自己，不顧她的一切，而只陶醉於其中；這個陶醉是刹那的，無關心的，而且在沉默之中的。

我們之看女人，是歡喜而絕不是戀愛。戀愛是全般的，歡喜是部分的。戀愛是整個「自我」與整個「自我」的融合，故堅深而久長；歡喜是「自我」間斷片的融合，故輕淺而飄忽。這兩者都是生命的趣味，生命的姿態。但戀愛是對人的，歡喜卻兼人與物而言。

——此外本還有「仁愛」，便是「民胞物與」之懷；再進一步，「天地與我並生，萬物與我爲一」，便是「神愛」，「大愛」了。這種無分物我的愛，非我所要論；但在此又須立一界碑，凡偉大莊嚴之象，無論屬人屬物，足以吸引人心者，必爲這種愛；而優美豔麗的光景則始在「歡喜」的閾中。

至於戀愛，以人格的吸引爲骨子，有極強的佔有性，又與二者不同。Y君以人與物平分戀愛與歡喜，以爲「喜」僅屬物，「愛」乃屬人；若對人言「喜」，便是蔑視他的人格了。現在有許多人也以爲將女人比花，比鳥，比羔羊，便是侮辱女人；讚頌女人的體態，也是侮辱女人。所以者何？便是蔑視她們的人格了！但我覺我們若不能將「體態的美」排斥於人格之外，我們便要慢慢的說這句話！而美若是一種價值，人格若是建築於價值的基石上，我們又何能排斥那「體態的美」呢？所以我以爲只須將女人的藝術的一面作爲藝術而鑑賞它，與鑑賞其他優美的自然一樣；藝術與自然是「非人格」的，當然便說不上「蔑視」與否。在這樣的立場上，將人比物，歡喜讚嘆，自與因襲的玩弄的態度相差十萬八千里，當可告無罪於天下。

——只有將女人看作「玩物」，才眞是蔑視呢；即使是在所謂的「戀愛」之中。藝術的女人，是的，藝術的女人！我們要用驚異的眼去看她，那是一種的奇跡！

我之看女人，十六年於茲了，我發見了一件事，就是將女人作爲藝術而鑑賞時，切不可使她知道；無論是生疏的，是較熟悉的。因爲這要引起她性的自衛的羞恥心或他種嫌惡心，她的藝術味便要變稀薄了；而我們因她的羞恥或嫌惡而關心，也就不能靜觀自得了。所以我們只好祕密地鑑賞；藝術原來是祕密的呀，自然的創作原來是祕密的呀。但是我所歡喜的藝術的女人，究竟是怎樣的呢？您得問了。讓我告訴您：我見過西洋女人，日本女人，江南江北兩個女人，城內的女人，名聞浙東西的女人；但我的眼光究竟太狹了，我只見過不到半打的藝術的女人；而且其中只有一個西洋人，沒有一個日本人！那西洋的處女是在Y城裡一條僻巷的拐角上遇著的，驚鴻一瞥似地便過去了。其餘有兩個是在兩次火車裡遇著的，一個看了半天，一個看了兩天；還有一個是在鄉村裡遇著的，足足看了三個月。

——我以爲藝術的女人第一是有她的溫柔的空氣；使人如聽著簫管的悠揚，如嗅著玫瑰花的芬芳，如躺著在天鵝絨的厚毯上。她是如水的密，如煙的輕，籠罩著我們；我們怎能不歡喜讚嘆呢？這是由她的動作而來的；她的一舉步，一伸腰，一掠鬢，一轉眼，一低頭，乃至衣袂的微颺，裙幅的輕舞，都如蜜的流，風的微漾；我們怎能不歡喜讚嘆呢？最可愛的是那軟軟的腰兒：從前人說臨風的垂柳，《紅樓夢》裡說晴雯的「水蛇腰兒」，都是說腰肢的細軟的；但我所歡喜的腰呀，簡直和蘇州的牛皮糖一樣，使我滿舌頭的甜，滿牙齒的軟呀。腰是這般軟了，手足自也有飄逸不凡之概。你瞧她的足脛多麼豐滿呢！從膝關節以下，漸漸的隆起，像新蒸的麵包一樣；後來又漸漸漸漸地緩下去了。這足脛上正罩著絲襪，淡青的？或者白的？拉得緊緊的，一些兒皺紋沒有，更將那豐滿的曲線顯豐滿了；而那閃閃的鮮嫩的光，簡直可以照出人的影子。你再往上瞧，她的兩肩又多麼亭勻呢！像雙生的小羊似的，又像兩座玉峰似的；正是秋山那般瘦，秋水那般平呀。肩以上，便到了一般人謳歌頌讚所集的「面目」了。

我最不能忘記的，是她那雙鴿子般的眼睛，伶俐到像要立刻和人說話。在惺忪微倦的時候，尤其可喜，因爲正像一對睡了的褐色小鴿子。和那潤澤而微紅的雙頰，蘋果般照耀著的，恰如曙色之與夕陽，巧妙的相映襯著。再加上那覆額的，稠密而蓬鬆的髮，像天空的亂雲一般，點綴得更有情趣了。而她那甜密的微笑也是可愛的東西；微笑是半開的花朵，裡面流溢著詩與畫與無聲的音樂。是的，我說的已多了，我不必將我所見的，一個人一個人分別說給你，我只將她們融合成一個Sketch給你看——這就是我的驚異的型，就是我所謂藝術的女子的型。但我的眼光究竟太狹了！我的眼光究竟太狹了！

在女人的聚會裡，有時也有一種溫柔的空氣；但只是籠統的空氣，沒有詳細的節目。所以這是要由遠觀而鑑賞的，與個別的看法不同；若近觀時，那籠統的空氣也許會消失了的。說起這藝術的「女人的聚會」，我卻想著數年前的事了，雲烟一般，好惹人悵惘的。在P城一個禮拜日的早晨，我到一所宏大的教堂裡去做禮拜；聽說那邊女人多，我是禮拜女人去的。那教堂是男女分坐的。

我去的時候，女座還空著，似乎頗遙遙的；我的遐想便去充滿了每個空座裡。忽然眼睛有些花了，在薄薄的香澤當中，一群白上衣，黑背心，黑裙子的女人，默默的，遠遠的走進來了。我現在不曾看見上帝，卻看見了帶著翼子的這些安琪兒了！另一回在傍晚的湖上，暮靄四合的時候，一隻插著小紅花的遊艇裡，坐著八、九個雪白雪白的白衣姑娘；湖風舞弄著她們的衣裳，便成一片渾然的白。我想她們是湖之女神，以遊戲三昧，暫現色相於人間的呢！第三回在湖中的一座橋上，淡月微雲之下，倚著十來個，也是姑娘，朦朦朧朧的與月一齊白著。在抖蕩的歌喉裡，我又遇著月姊兒的化身了！——這些是我所發見的又一型。

是的，藝術的女人，那是一種奇跡！

民國十四年二月十五日，白馬湖。

阿河

我這一回假，因爲養病，住到一家親戚的別墅裡去。那別墅是在鄉下。前面偏左的地方，是一片淡藍的湖水，對岸環擁著不盡的青山。山的影子倒映在水裡，越顯得清清朗朗的。水面常如鏡子一般。風起時，微有皺痕；像火女們皺她們的眉頭，過一會子就好了。湖的餘勢速成一條小港，緩緩地不聲不響地流過別墅的門前。門前有一條小石橋，橋那邊盡是田畝。

這邊沿岸一帶，相間地栽著桃樹和柳樹，春來當有一番熱鬧的夢。別墅外面繚繞著短短的竹籬，籬外是小小的路。裡邊一座向南的樓，背後便倚著山。西邊是三間平屋，我便住在這裡。院子裡有兩塊草地，上面隨便放著兩三塊石頭。另外的隙地上，或羅列著盆栽，或種蒔著花草。籬邊還有幾株枝幹蟠曲的大樹，有一株幾乎要伸到水裡去了。

我的親戚韋君只有夫婦二人和一個女兒。她在外邊念書，這時也剛回到家裡。她邀來三位同學，同到她家過這個寒假；兩位是親戚，一位是朋友。她們住著樓上的兩間屋子。韋君夫婦也住在樓上。樓下正中是客廳，常是閒著，西間是喫飯的地方；東間便是韋君的書房，我們談天，喝茶，看報，都在這裡。我喫了飯，便是一個人，也要到這裡來閒坐一回。我來的第二天，韋小姐告訴我，她母親要給她們找一個好好的女佣人；長工阿齊說有一個表妹，母親叫他明天就帶來做做看呢。她似乎很高興的樣子，我只是不經意地答應。

平屋與樓屋之間，是一個小小廚房。我住的是東面的屋子，從窗子裡可以看見廚房裡人的來往。這一天午飯前，我偶然向外看看，見一個面生的女佣人，兩手提著兩把白鐵壺，正望廚房裡走；韋家的李媽在她前面領著，不知在和她說甚麼話。她的頭髮亂蓬蓬的，像冬天的枯草一樣。身上穿著鑲邊的黑布棉襖和夾褲，黑裡已泛出黃色；棉襖長與膝齊，夾褲也直拖到腳背上。腳倒是雙天足，穿的尖頭的黑布鞋，後跟還帶著兩片同色的「葉拔兒」。想這就是阿齊帶來的女佣人了；想完了就坐下看書。晚飯後，韋小姐告訴我，女佣人來了，她的名字叫「阿河」。我說，「名字很好，只是人土些；還能做嗎？」她說，「別看她土，很聰明呢。」我說，「哦。」便接著看手中的報了。

以後每天早上，中上，晚上，我常常看見阿河拿著水壺來往；她的眼似乎總是望前看的。兩個禮拜匆匆地過去了。韋小姐忽然和我說，你別看阿河土，她的志氣很好，她是個可憐的人。我和娘說，把我前年在家穿的那身棉襖褲給了她吧。我嫌那兩件衣服太花，給了她正好。娘先不肯，說她來了沒有幾天；後來也肯了。今天拿出來讓她穿，正合適呢。我們教給她打絨繩鞋，她眞聰明，一學就會了。她說拿到工錢，也要打一雙穿呢。我等幾天再和娘說去。

「她這樣愛好！怪不得頭髮光得多了，原來都是你們教她的。好！你們儘教她講究，她將來怕不願回家去呢。」大家都笑了。

舊新年是過去了。因爲江浙的兵事，我們的學校一時還不能開學。我們大家都樂得在別墅裡多住些日子。這時阿河如換了一個人。她穿著寶藍色桃著小花兒的布棉襖褲；腳下是嫩藍色毛繩鞋，鞋口還綴著兩個半藍半白的小絨球兒。我想這一定是她的小姐們給幫忙的。

古語說得好，「人要衣裳馬要鞍。」阿河這一打扮，真有些楚楚可憐了。她的頭髮早已是刷得光光的，覆額的留海也梳得十分伏貼。一張小小的圓臉，如正開的桃李花；臉上並沒有笑，卻隱隱地含著春日的光輝，像花房裡充了蜜一般。這在我幾乎是一個奇跡；我現在是常站在窗前看她了。我覺得在深山裡發見了一粒貓兒眼；這樣精純的貓兒眼，是我生平所僅見！我覺得我們相識已太長久，極願她說一句話——極平淡的話，一句也好。但我怎好平白地和她攀談呢？就這樣鬱鬱了一禮拜。

這是元宵節的前一晚上。我喫了飯，在屋裡坐了一會，覺得有些無聊，便信步走到那書房裡。拿起報來，想再細看一回。忽然門鈕一響，阿河進來了。她手裡拿著三四支顏色鉛筆；出乎意料地走近了我。她站在我面前了，靜靜地微笑著說：「白先生，你知道鉛筆刨在哪裡？」一面將拿著的鉛筆給我看。我不自主地立起來，匆忙地應道，「在這裡；」我用手指著南邊柱子。但我立刻覺得這是不夠的。我領她走近了柱子。這時我像閃電似地躊躇了一下，便說，「我……我……」她一聲不響地已將一支鉛筆交給我。我放進刨子裡刨給她看。刨了兩下，便想交給她；但終於刨完了一枝，交還了她。她接了筆略看一看，仍仰著臉向我。我窘極了。剎那間念頭轉了好幾個圈子；到底硬著頭皮搭訕著說，「就這樣刨好了。」我趕緊向門外一瞥，就走回原處看報去。但我的頭剛低下，我的眼已抬起來了。於是遠遠地從容地問道，「你會了嗎？」她不曾掉過頭來，只「嚶」了一聲，也不說話。我看了她背影一會。覺得應該低下頭了。等我再抬起頭來時，她已默默地向外走了。她似乎總是望前看的；我想再問她一句話，但終於不曾出口。我撇下了報，站起來走了一會，便回到自己屋裡。我一直想著些什麼，但什麼也沒有想出。

第二天早上看見她往廚房裡走時，我發覺我的眼將老跟著她的影子！她的影子眞好。她那幾步路走得又敏捷，又匀稱，又苗條，正如一隻可愛的小貓。她兩手各提著一隻水壺，又令我想到在一條細細的索兒上抖擻精神走著的女子。這全用於她的腰；她的腰眞太軟了，用白水的話說，眞是軟到使我如喫蘇州的牛皮糖一樣。不止她的腰，我的日記裡說得好：「她有一套和雲霞比美，水月爭靈的曲線，織成大大的一張迷惑的網！」而那兩頰的曲線，尤其甜蜜可人。她兩頰是白中透著微紅，潤澤如玉。她的皮膚，嫩得可以掐出水來；我的日記裡說，「我很想去掐她一下呀！」她的眼像一雙小燕子，老是在灩灩的春水上打著圈兒。

她的笑最使我記住，像一朵花漂浮在我的腦海裡。我不是說過，她的小圓臉像正開的桃花嗎？那麼，她微笑的時候，便是盛開的時候了：花房裡充滿了的蜜，眞如要流出來的樣子。她的髮不甚厚，但黑而有光，柔軟而滑，如純絲一般。只可惜我不曾聞著一些兒香。唉！從前我在窗前看她好多次，所得的眞太少了；若不是昨晚一見，——雖只幾分鐘——我眞太對不起這樣一個人兒了。

午飯後，韋君照例地睡午覺去了，只有我，韋小姐和其他三位小姐在書房裡。我有意無意地談起阿河的事。我說：

「你們怎知道她的志氣好呢？」

「那天我們教給她打絨繩鞋；」一位蔡小姐便答道，「看她很聰明，就問她爲甚麼不念書？她被我們一問，就傷心起來了。……」

「是的，」韋小姐笑著搶了說，「後來還哭了呢；還有一位傻子陪她淌眼淚呢。」

那邊黃小姐可急了，走過來推了她一下。蔡小姐忙攔住道，「人家說正經話，你們儘鬧著玩兒！讓我說完了呀——」

「我代你說吧，」韋小姐仍搶著說，「——她說她只有一個爹，沒有娘。嫁了一個男人，倒有三十多歲，土頭土腦的，臉上滿是疱！他是李媽的鄰舍，我還看見過呢。……」

「好了，底下我說。」蔡小姐接著道，「她男人又不要好，儘愛賭錢；她一氣，就住到娘家來，有一年多不回去了。」

「她今年幾歲？」我問。

「十七不知十八？前年出嫁的，幾個月就回家了。」蔡小姐說。

「不，十八，我知道。」韋小姐改正道。

「哦。你們可曾勸她離婚？」

「怎麼不勸？」韋小姐應道，「她說十八回去喫她表哥的喜酒，要和她的爹去說呢。」

「你們教她的好事，該當何罪！」我笑了。

她們也都笑了。

十九的早上，我正在屋裡看書，聽見外面有嚷嚷的聲音；這是從來沒有的。我立刻走出來看；只見門外有兩個鄉下人要走進來，卻給阿齊攔住。他們只是央告，阿齊只是不肯。這時韋君已走出院中，向他們道，

「你們回去吧。人在我這裡，不要緊的。快回去，不要瞎吵！」

兩個人面面相覷，說不出一句話；俄延了一會，只好走了。我問韋君什麼事？他說：

「阿河囉！還不是瞎吵一回子。」

我想他於男女的事向來是懶得說的，還是回頭問他小姐的好；我們便談到別的事情上去。

喫了飯，我趕緊問韋小姐，她說：

「她是告訴娘的，你問娘去。」

我想這件事有些尷尬，便到西間裡問韋太太；她正看李媽收拾碗碟呢。她見我問，便笑著說：

「你要問這些事做什麼？她昨天回去，原是借了阿桂的衣裳穿了去的，打扮得嬌滴滴的，也難怪，被她男人看見了，便約了些不相干的人，將她搶回去過了一夜。今天早上，她騙她男人，說要到此地來拿行李。她男人就會信她，派了兩個人跟著。那知她到了這裡，便叫阿齊攔著那跟來的人；她自己便跪在我面前哭訴，說死也不願回她男人家去。你說我有什麼法子。只好讓那跟來的人先回去再說。好在沒有幾天，她們要上學了，我將來交給她的爹吧。唉，現在的人，心眼兒眞是越過越大了；一個鄉下女人，也會鬧出這樣驚天動地的事了！」

「可不是，」李媽在旁插嘴道，「太太你不知道；我家三叔前兒來，我還聽他說呢。我本不該說的，阿彌陀佛！太太，你想她不願意回婆家，老願意住在娘家，是什麼道理？家裡只有一個單身的老子；想那該死的老畜生！他捨不得放她回去呀！」

「低些，眞的嗎？」韋太太驚詫地問。

「他們說得千眞萬確的。我早就想告訴太太了，總有些疑心；今天看她的樣子，眞有幾分對呢。太太，你想現在還成什麼世界！」

「這該不至於吧。」我淡淡地插了一句。

「少爺，你那裡知道！」韋太太嘆了一口氣，「——好在沒有幾天了，讓她快些走吧；別將我們的運氣帶壞了。她的事，我們以後也別談吧。」

開學的通告來了，我定在廿八走。廿六的晚上，阿河忽然不到廚房裡拿水了。韋小姐跑來低低地告訴我，娘叫阿齊將阿河送回去了；我在樓上，都不知道呢。」我應了一聲，一句話也沒有說。正如每日有三頓飽飯喫的人，忽然絕了糧；卻又不能告訴一個人！而且我覺得她的前面是黑洞洞的，此去不定有什麼好歹！那一夜我是沒有好好地睡，只翻來覆去地做夢，醒來卻又一片茫然。

這樣昏昏沈沈地到了二十八早上，懶懶地向韋君夫婦和韋小姐告別而行，韋君夫婦堅約春假再來住，我只得含糊答應著。出門時，我很想回望廚房幾眼；但許多人都站在門口送我，我怎好回頭呢？

到校一打聽，老友陸已來了。我不及料理行李，便找著他，將阿河的事一五一十告訴他。他本是個好事的人；聽我說時，時而皺眉，時而嘆氣，時而擦掌。聽到她只十八歲時，他突然將舌頭一伸，跳起來道：

「可惜我早有了我那太太！要不然，我準得想法子娶她！」

「你娶她就好了；現在不知鹿死誰手呢？」

我倆默默相對了一會，陸忽然拍著桌子道：

「有了，老汪不是去年失了戀嗎？他現在還沒有主兒，何不給他倆撮合一下。」

我正要答說，他已出去了。過了一會兒，他和汪來了：進門就嚷著說：

「我和他說，他不信；要問你呢！」

「事是有的，人呢，也眞不錯。只是人家的事，我們憑什麼去管！」我說。

「想法子呀！」陸嚷著。

「什麼法子？你說！」

「好，你們儘和我開頑笑，我才不理會你們呢！」汪笑了。

我們幾乎每天都要談到阿河，但誰也不曾認眞去「想法子」。

一轉眼已到了春假。我再到韋君別墅的時候，水是綠綠的，桃腮柳眼，著意引人。我卻只惦著阿河，不知她怎麼樣了。那時韋小姐已回來兩天。我背地裡問她，她說：

「奇得狠！阿齊告訴我，說她二月間來求娘來了。她說她男人已死了心，不想她回去；只不肯白白地放掉她。他教她的爹拿出八十塊錢來，人就是她的爹的了；他自己也好另娶一房人。可是阿河說她的爹哪有這些錢？她求娘可憐可憐她！娘的脾氣你知道。她是個古板的人；她數說了阿河一頓，一個錢也不給！我現在和阿齊說，讓他上鎮去時，帶個信兒給她，我可以給她五塊錢。我想你也可以幫她些，我教阿齊一塊兒告訴她吧。只可惜她未必肯再上我們這兒來囉！」

「我拿十塊錢吧，你告訴阿齊就是。」

我看阿齊空閒了，便又去問阿河的事。他說，

「她的爹正給她東找西找地找主兒呢。只怕難吧，八十塊大洋呢！」

我忽然覺得不自在起來，不願再問下去。

過了兩天，阿齊從鎮上回來，說：

「今天見著阿河了。娘的，齊整起來之。穿起了裙子，做老板娘了！據說是自己揀中的；這種年頭！」

我立刻覺得，這一來全完了！只怔怔地看看阿齊，似乎想在他臉上找出阿河的影子。咳，我說什麼好呢！願運命之神長遠庇護著她吧！

第二天我便托故離開了那別墅；我不願再見那湖光山色，更不願見那間小小的廚房！

民國十五年一月十一日作

飄 零

一個秋夜，我和P坐在他的小書房裡，在暈黃的電燈光下，談到W的小說。

「他還在河南吧？C大學那邊很好吧？」我隨便問著。

「不，他上美國去了。」

「美國？做什麼去？」

「你覺得很奇怪吧？——波定謨約翰郝勃金醫院打電報約他做助手去。」

「哦！就是他研究心理學的地方！他在那邊成績總很好？——這回去他很願意吧？」

「不見得願意。他動身前到北京來過，我請他在啓新喫飯；他很不高興的樣子。」

「這又為什麼？」

「他覺得中國沒有他做事的地方。」

「他回來才一年呢。C大學那邊沒有錢吧？」

「不但沒有錢；他們說他是瘋子！」

「瘋子！」

我們默然相對，暫時無話可說。

我想起第一回認識W的名字，是在《新生》雜誌上。那時我在P大學讀書，W也在那裡。我在《新生》上看見的是他的小說；但一個朋友告訴我，他心理學的書讀得眞多；P大學圖書館裡所有的，他都讀了。文學書他也讀得不少。他說他是無一刻不讀書的。

我第一次見他的面，是在P大學宿舍的走道上；他正和朋友走著。有人告訴我，這就是W了。微曲的背，小而黑的臉，長頭髮和近視眼，這就是W了。以後我常常看他的文字，記起他這樣一個人。有一回我拿一篇心理學的譯文，託一個朋友請他看看。他逐一給我改正了好幾十條，不曾放鬆一個字。永遠的慚愧和感謝留在我心裡。

我又想到杭州那一晚上。他突然來看我了。他說和P遊了三日，明早就要到上海去。他原是山東人；這回來上海，是要上美國去的。我問起哥倫比亞大學的《心理學，哲學，與科學方法》雜誌，我知道那是有名的雜誌。但他說裡面往往一年沒有一篇好文章，沒有什麼意思。他說近來各心理學家在英國開了一個會，有幾個人的話有味。他又用鉛筆隨便的在桌上一本簿子的後面，寫了《哲學的科學》一個書名與其出版處，說是新書，可以看看。他說要走了。我送他到旅館裡。見他床上攤著一本《人生與地理》，隨便拿過來翻著。他說這本小書很著名，很好的。我們在暈黃的電燈光下，默然相對了一會，又問答了幾句簡單的話；我就走了。直到現在，還不曾見過他。

他到美國去後，初時還寫了些文字，後來就沒有了。他的名字，在一般人心裡，已如遠處的雲煙了。我倒還記著他。

兩三年以後，才又在《文學日報》上見到他一篇詩，是寫一種清趣的。我只念過他這一篇詩。他的小說我卻念過不少；最使我不能忘記的是那篇《雨夜》，是寫北京人力車夫的生活的。W是學科學的人，應該很冷靜，但他的小說卻又很熱很熱的。這就是W了。

P也上美國去，但不久就回來了。他在波定謨住了些日子，W是常常見著的。他回國後，有一個熱天，和我在南京清涼山上談起W的事。他說W在研究行爲派的心理學。他幾乎終日在實驗室裡；他解剖過許多老鼠，研究牠們的行爲。P說自己本來也願意學心理學的；但看了老鼠臨終的顫動，他執刀的手便戰戰的放不下去了。因此只好改行。

而W是「奏刀騞然」，「躊躇滿志」，P覺得那是不可及的。P又說W研究動物行爲既久，看明他們所有的生活，只是那幾種生理的慾望，如食慾，性慾，所玩的把戲，毫無什麼大道理存乎其間。因而推想人的生活，也未必別有何種高貴的動機；我們第一要承認我們是動物，這便是眞人。W的確是如此做人的。P說他也相信W的話；眞的，P回國後的態度是大大的不同了。W只管做他自己的人，卻得著P這樣一個信徒，他自己也未必料得著的。

P又告訴我W戀愛的故事。是的，戀愛的故事！P說這是一個日本人，和W一同研究的，但後來走了，這件事也就完了。P說得如此冷淡，毫不像我們所想的戀愛的故事！P又曾指出《來日》上W的一篇《月光》給我看。這是小篇小說，敘述一對男女趁著月光在河邊一隻空船裡密談。那女的是個有夫之婦。這時四無人跡，他倆談得親熱極了。但P說W的膽子太小了，所以這一回密談之後，便撒了手，這篇文字是W自己寫的，雖沒有如火如荼的熱鬧，但卻別有一種意思。科學與文學，科學與戀愛，這就是W了。

「『瘋子』！」我這時忽然似乎徹悟了說，「也許是的吧？我想。一個人冷而又熱，是會變瘋子的。」

「唔！」P點頭。

「他其實大可以不必管什麼中國不中國了；偏偏又戀戀不捨的！」

「是囉。W這回眞不高興。K在美國借了他的錢。這回他到北京，特地老遠的跑去和K要錢。K的沒錢，他也知道；他也並不指望這筆錢用。只想藉此去罵他一頓罷了，據說拍了桌子大罵呢！」

「這與他的寫小說一樣的道理呀！唉，這是W了。」

P無語，我卻想起一件事。

「W到美國後有信來嗎？」

「長遠了，沒有信。」

我們於是都又默然。

民國十五年七月二十日，白馬湖。

白采

盛暑中寫《白采的詩》一文，剛滿一頁，便因病擱上。這時候薰宇來了一封信，說白采死了，死在香港到上海的船中。他只有一個人；他的遺物暫存在立達學園裡。有文稿，舊體詩詞稿，筆記稿，有朋友和女人的通信，還有四包女人的頭髮！我將薰宇的信念了好幾遍，茫然若失了一會；覺得白采雖於生死無所容心，但這樣的死在將到吳淞口了的船中，也未免太慘酷了些——這是我們後死者所難堪的。

白采是一個不可捉摸的人。他的歷史，他的性格，現在雖從遺物中略知梗概，但在他生前，是絕少人知道的；他也絕口不向人說，你問他他只支吾而已。他賦性既這樣遺世絕俗，自然是落落寡合了；但我們卻能夠看出他是一個好朋友，他是一個有眞心的人。

「不打不成相識，」我是這樣的知道了白采的。這是爲學生李芳詩集的事。李芳將他的詩集交我刪改，並囑我作序。那時我在溫州，他在上海。我因事忙，一擱就是半年，而李芳已因不知名的急病死在上海。我很懊悔我的需緩，趕緊抽了空給他工作。正在這時，有人轉來白采的信，短短的兩行，催我設法將李芳的詩出版；又附了登在《覺悟》上的小說《作詩的兒子》，讓我看看——裡面頗有譏諷我的話。我當時覺得不應得這種譏諷，便寫了一封近兩千字的長信，詳述事件首尾，向他辯解。信去了便等回信；但是杳無消息。等到我已不希望了，他才來了一張明信片；在我看來，只是幾句半冷半熱的話而已。我只能以「豈能盡如人意？但求無愧我心！」自解，聽之而已。

但平伯因轉信的關係，卻和他常通函札。朋友來信，屢屢說起他，說是一個有趣的人。有一回平伯到白馬湖看我。我和他同往寧波的時候，他在火車中將白采的詩稿《羸疾者的愛》給我看。我在車身不住的動搖中，讀了一遍。覺得大有意思。我於是承認平伯的話，他是一個有趣的人。我又和平伯說，他這篇詩似乎是受了尼采的影響。後來平伯來信，說已將此語函告白采，他頗以爲然。我當時還和平伯說，關於這篇詩，我想寫一篇評論；平伯大約也告訴了他。有一回他突然來信說起此事；他盼望早些見著我的文字，讓他知道在我眼中的他的詩究竟是怎樣的。我回信答應他，就要做的。以後我們常常通信，他常常提及此事。但現在是三年以後了，我才算將此文完篇；他卻已經死了，看不見了！他暑假前最後給我的信還說起他的盼望。天啊！我怎樣對得起這樣一個朋友，我怎樣挽回我的過錯呢？

平伯和我都不曾見過白采，大家覺得是一件缺憾。有一回我到上海，和平伯到西門林蔭路新正興里五號去訪他：這是按著他給我們的通信地址去的。但不幸得很，他已經搬到附近什麼地方去了；我們只好嗒然而歸。新正興里五號是朋友延陵君住過的：有一次談起白采，他說他姓童，在美術專門學校念書；他的夫人和延陵夫人是朋友，延陵夫婦曾借住他們所賃的一間亭子間。那是我看延陵時去過的，床和桌椅都是白漆的；是一間雖小而極潔淨的房子，幾乎使我忘記了是在上海的西門地方。現在他存著的攝影裡，據我看，有好幾張是在那間房裡照的。又從他的遺札裡，推想他那時還未離婚；他離開新正興里五號，或是正爲離婚的緣故，也未可知。這卻使我們事後追想，多少感著些悲劇味了。但平伯終於未見著白采，我竟得和他見了一面。那是在立達學園我預備上火車去上海前的五分鐘。這一天，學園的朋友說白采要搬來了；我從早上等了好久，還沒有音信。正預備上車站，白采從門口進來了。他說著江西話，似乎很老成了，是飽經世變的樣子。我因上海還有約會，只匆匆一談，便握手作別。他來後來有信給平伯說我「短小精悍」，卻是一句有趣的話。這是我們最初的一面，但誰知也就是最後的一面呢！

去年年底，我在北京時，他要去集美作教；他聽說我有南歸之意，因不能等我一面，便寄了一張小影給我。這是他立在露臺上遠望的背影，他說是聊寄佇盼之意。我得此小影，反覆把玩而不忍釋，覺得他眞是一個好朋友。這回來到立達學園，偶然翻閱《白采的小說》，《作詩的兒子》一篇中譏諷我的話，已經刪改；而薰宇告我，我最初給他的那封長信，他還留在箱子裡。這使我慚愧從前的猜想，我眞是小器的人哪！但是他現在死了，我又能怎樣呢？我只相信，如愛默生的話——他在許多朋友的心裡是不死的！

上海，江灣，立達學園。

懷魏握青君

兩年前差不多也是這些日子吧，我邀了幾個熟朋友，在雪香齋給握青送行。雪香齋以紹酒著名。這幾個人多半是浙江人，握青也是的，而又有一兩個是酒徒，所以便揀了這地方。說到酒，蓮花白太膩，白乾太烈；一是北方的佳人，一是關西的大漢，都不宜於淺斟低酌。只有黃酒，如溫舊書，如對故友，眞是醰醰有味。只可惜雪香齋的酒還上了色；若是「竹葉青」，那就更妙了。握青是到美國留學去，要住上三年；這麼遠的路，這麼多的日子，大家確有些惜別，所以那晚酒都喝得不少。出門分手，握青又要我去中天看電影。我坐下直覺頭暈。握青說電影如何如何，我只糊糊塗塗聽著；幾回想張眼看，卻什麼也看不出。終於支持不住，出其不意，哇地吐出來了。觀衆都吃一驚，附近的人全堵上了鼻子；這眞有些惶恐。握青扶我回到旅館，他也吐了。但我們心裡都覺得這一晚很痛快。我想握青該還記得那種狼狽的光景吧？

我與握青相識，是在東南大學。那時正是暑假，中華教育改進社借那兒開會。我與方光燾君去旁聽，偶然遇著握青；方君是他的同鄉，一向認識，便給我們介紹了。那時我只知道他很活動，會交際而已。匆匆一面，便未再見。

三年前，我北來作教，恰好與他同事。我初到，許多事都不知怎樣做好；他給了我許多幫助。我們同住在一個院子裡，喫飯也在一處。因此常和他談論。我漸漸知道他不只是很活動，會交際；他有他的眞心，他有他的銳眼，他也有他的傻樣子。許多朋友都以爲他是個傻小子，大家都叫他老魏，連聽差背地裡也是這樣叫他；這個太親暱的稱呼，只有他有。

但他絕不如我們所想的那麼「傻」，他是個玩世不恭的人——至少我在北京見著他是如此。那時他已一度受過人生的戒，從前所有或多或少的嚴肅氣分，暫時都隱藏起來了；賸下的只是那冷然的玩弄一切的態度。我們知道這種劍鋒般的態度，若赤裸裸地露出，便是自己矛盾，所以總得用了什麼法子蓋藏著。他用的是一副傻子的面具。我有時要揭開他這副面具，他便說我是語絲派。但他知道我，並不比我知道他少。他能由我一個短語，知道全篇的故事。他對於別人，也能知道；但只默喻著，不大肯說出。他的玩世，在有些事情上，也許太隨便些。但以某種意義說，他要復仇；人總是人，又有什麼辦法呢？至少我是原諒他的。

以上其實也只說得他的一面，他有時也能爲人盡心竭力。他曾爲我決定一件極爲難的事。我們沿著牆根，走了不知多少趟；他源源本本，條分縷析地將形勢剖解給我聽。你想，這豈是傻子所能做的？幸虧有這一面，他還能高高興興過日子；不然，沒有笑，沒有淚，只有冷臉，只有「鬼臉」，豈不鬱鬱地悶煞人！

我最不能忘的，是他動身前不多時的一個月夜。電燈滅後，月光照了滿院，柏樹森森地竦立著。屋內人都睡了；我們站在月光裡，柏樹旁，看著自己的影子。他輕輕的訴說他生平冒險的故事。說一會，靜默一會。這是一個幽奇的境界。他敘述時，臉上隱約浮著微笑，就是他心地平靜時常浮在他臉上的微笑；一面偏著頭，老像發問似的。這種月光，這種院子，這種柏樹，這種談話，都很可珍貴；就由握青自己再來一次，怕也不一樣的。

他走之前，很願我做些文字送他；但又用玩世的態度說，「怕不肯吧？我曉得，你不肯的。」我說，「一定做，而且一定寫成一幅橫披——只是字不行些。」但是我慚愧我的懶，那「一定」早已幾乎變成「不肯」了！而且他來了兩封信，我竟未覆隻字。這叫我怎樣說好呢？我實在有種壞脾氣，覺得路太遙遠，竟有些渺茫一般，什麼便都因循下來了。好在他的成績很好，我是知道的；只此就很夠了。別的，反正他明年就回來，我們再好好地談幾次，這是要緊的。——我想，握青也許不那麼玩世了吧。

民國十七年五月二十五日夜。

說揚州

在第十期上看到曹聚仁先生的《閒話揚州》，比那本出名的書有味多了。不過那本書將揚州說得太壞，曹先生又未免說得太好；也不是說得太好，他沒有去過那裡，所說的只是從詩賦中，歷史上得來的印象。這些自然也是揚州的一面，不過已然過去，現在的揚州卻不能再給我們那種美夢。

自己從七歲到揚州，一住十三年，才出來念書，家裡是客籍，父親又是在外省當差事的時候多，所以與當地賢豪長者並無來往。他們的雅事，如訪勝、吟詩、賭酒、書畫名字、烹調佳味，我那時全沒有份，也全不在行。因此雖住了那麼多年，並不能做揚州通，是很遺憾的。

記得的只是光復的時候，父親正病著，讓一個高等流氓憑了軍政府的名字，敲了一竹槓；還有，在中學的幾年裡，眼見所謂「甩子團」橫行無忌。「甩子」是揚州方言，有時候指那些「怯」的人，有時候指那些滿不在乎的人「甩子團」不用說是後一類；他們多數是紳宦家子弟，仗著家裡或者「幫」裡的勢力，在各公共場所鬧標勁，如看戲不買票，起鬨等等，也有包攬訴訟，調戲婦女的。更可怪的，大鄉紳的僕人可以指揮警察區區長，可以大模大樣招搖過市——這都是民國五、六年的事，並非前清君主專制時代。自己當時血氣方剛，看了一肚子氣，可是人微言輕，也只好讓那口氣覺著罷了。

從前揚州是個大地方，如曹先生那文所說；現在鹽務不行了，簡直就算個沒落兒的小城。可是一般人還忘其所以地要氣派，自以為美，幾乎不知天多高地多厚。這眞是所謂「夜郎自大」了。

揚州人有「揚虛子」的名字；這個「虛子」有兩種意思，一是大驚小怪，二是以少報多，總而言之，不離乎虛張聲勢的毛病。他們還有個「揚盤」的名字，譬如東西買貴了，人家可以笑話你是「揚盤」；又如店家價錢要得太貴，你可以詰問他，「把我當揚盤看嗎？」盤是捧出來給別人看的，正好形容要氣派的揚州人。又有所謂「商派」，譏笑那些倣效鹽商的奢侈生活的人，那更是氣派中之氣派了。但是這裡只就一般情形說，刻苦誠篤的君子自然也有；我所敬愛的朋友中，便不缺乏揚州人。

提起揚州這地名，許多人想到的是出女人的地方。但是我長到那麼大，從來不曾在街上見過一個出色的女人，也許那時女人還少出街吧。不過從前所謂「出女人」，實在指姨太太與妓女而言；那個「出」字就和出羊毛，出蘋果的「出」字一樣。《陶庵夢憶》裡有「揚州瘦馬」一節，就記的這類事；但是我毫無所知。不過納妾與狎妓的風氣漸漸衰了。「出女人」那句話怕遲早會失掉意義的吧。

另有許多人想，揚州是吃得好的地方。這個保你沒錯兒。北平尋常提到江蘇菜，總想著是甜甜的膩膩的。現在有了淮揚菜，才知道江蘇菜也有不甜的；但還以爲油重，和山東菜的清淡不同。其實眞正油重的是鎭江菜，上桌子常教你膩得無可奈何。揚州菜若是讓鹽商家的廚子做起來，雖不到山東菜的清淡，卻也滋潤，利落，絕不膩嘴膩舌。不但味道鮮美，顏色也清麗悅目。

揚州又以麵館著名。好在湯味醇厚；是所謂白湯，由種種出湯的東西如雞鴨肉等熬成，好在它的厚，和啖熊掌一般。也有清湯，就是一味雞湯，倒並不出奇。內行的人吃麵要「大煮」；普通將麵挑在碗裡，澆上湯，「大煮」是將麵在湯裡煮一會，更能入味些。

揚州最著名的是茶館；早晨去下午去都是滿滿的。吃的花樣最多。坐定了沏上茶，便有賣零碎的來兜攬，手臂上挽著一個黯淡的柳條筐，筐子裡擺滿了一些小蒲包分放著瓜子花生炒鹽豆之類。又有炒白果的，在擔子上鐵鍋爆著白果，一片鏟子的聲音，得先告訴他，才給你炒。炒得殼子爆了，露出黃亮的仁兒，鏟在鐵絲罩裡送過來，又熱又香。還有賣五香牛肉的，讓他抓一些，攤在乾荷葉上；叫茶房拿點好麻醬油來，拌上慢慢地喫，也可向賣零碎的買些白酒——揚州普通都喝白酒——喝著。這才叫茶房燙干絲。

北平現在吃干絲，都是所謂煮干絲；那是很濃的，當菜很好，當點心卻未必合式。煮干絲先將大塊方的白豆腐干飛快地切成薄片，再切為細絲，放在小碗裡，用開水一澆，干絲便熟了，逼去了水，摶成圓錐似的，再倒上麻醬油，擱一撮蝦米和乾筍絲在尖兒，就成。說時遲，那時快，剛瞧著在切豆腐干，一眨眼已端來了。燙干絲就是清得好，不妨礙你吃別的。接著該要小籠點心。北平淮揚館子出賣的湯包，誠哉是好，在揚州卻少見；那實在是淮陰的名產，揚州不該掠美。

揚州的小籠點心，肉餡兒的，蟹肉餡兒的，筍肉餡兒的且不用說，最可口的是菜包子菜燒賣，還有乾菜包子，菜選那最嫩的，剁成泥，加一點兒糖一點兒油，蒸得白生生的，熱騰騰的，到口輕鬆地去化去，留下一絲兒餘味。乾菜也是切碎，也是加一點兒糖和油，燥濕恰到好處，細細地咬嚼，可以嚼出一點橄欖般的回味來。這麼著每樣吃點兒也並不太多。要是有飯局，還儘可以從容地去。但要老資格的茶客纔能這樣有分寸；偶爾上一回茶館的本地人外地人，卻總忍不住狼吞虎嚥，到了兒捧著肚子走出。

揚州遊覽以水爲主，以船爲主，已另有文記過，此處從略。城裡城外古蹟很多，如「文選樓」，「天保城」，「雷塘」，「二十四橋」等，卻很少人留意；大家常去的只是史可法的「梅花嶺」罷了。倘若有相當的假期，邀上兩三個人去尋幽訪古倒有意思；自然，得帶點花生米，五香牛肉，白酒。

民國二十三年十月十四日作。

別

他長久沒有想到伊和八兒了；倘使想到累人的他們，怕只招些煩厭吧。

這一天，他母親寄信給他，說家裡光景不好已叫人送伊和八兒來了。他吃了一驚，想，「可麻煩哩！」但這是不可免的；他只得等著。

一直幾天，他們沒來，他不由有些焦躁——不屑的焦躁；那藏在煩厭中的期待底情緒，開始搖憾他柔弱的心了。

晚上他接著伊父親信片，說他們明天準來。可是颳了一夜底北風，接著便是紛紛的大雪。他朝起從樓上外望迷迷茫茫的，像一張潔白的絨氈兒將大地裹著，大地怕寒便整個縮在氈裡去了。天空靜蕩蕩的，不見一隻鳥兒，只有整千整萬的雪花，鵝毛片似的「白戰著」。他獃獃地看，心裡盤算，「只怕又來不成了哩！該詛咒的雪，你早不好落，遲不好落，偏選在今天落，不是故意欺負我，不給我做美嗎？——但是信上說來，他們必曉得我在車站後，會教我白跑嗎？——我若不去，豈不叫他們失望？……」

午飯後雪落得愈緊，他匆匆乘車上站去，在沒遮攔的月臺上，足足吃夠一點多鐘底風，火車才來了。客人們紛紛地下車，小工們忙忙的搬運；一種低緩而嘈雜的聲浪在稱密的空氣中浮沉著。他立在月台上，目不轉睛地看著每個走過他面前的人。走過的都走過了，那裡有伊和八兒底影兒？——連有些像的也無。他不信，走到月臺那頭去看，又到出口去看確是沒有——他想他們一定搭下一班車來了。

一切如前，他——只有他——在月臺上徘徊，警察走過，盯了他一眼，他卻不理會。車來時，他照樣熱心地去看每個下車的搭客。但他的努力顯又落了空。

晚上最後一班車來了，他們終於沒有來。他可惱了；沒精打彩地衝寒冒雪而回——一路上想，「再不接他們，也別望他們了！」但到了屋裡，便是回心轉意：「這麼大的雪，也難怪他們……得知幾時晴哩？雪住了便可來了吧，落得小些也可動身了吧？」

兩天匆匆過去；雪是一直沒有止，那晚上自在房裡坐，僕人走來說，有人送了一個女人和孩子來了。他詫異地聽著；這於他確是意外——窗外的雪還在落呵。他下樓和他們相見，伊推著八兒說，「看——誰來了？」八兒回頭道，「唔……爸爸。」他沒有說話，只低低叫聲，「跟我來吧。」

他們到樓上，安頓了東西，伊說前天大雪，伊父親怕八兒凍著，所以沒有來；他教等天晴再走吧。但伊看了兩天，天是一時不會晴的了，老等著，誰耐煩？所以決然動身。他聽了，不開口，他們暫默了一會。那時他的朋友都已曉得他的喜事，——他住的一所房子原是公寓之類；樓上有好幾個朋友們同住——鬨著來看伊。他逐一介紹了，伊微低著頭向他們鞠躬，他們坐了一會，彼此談著，問了伊些話。伊只用簡單的句子低低地，緩緩地答覆。他想，伊大約怕「驀生」的，這時他忽然感著一種隱藏的不安？那不安底情緒，原從他母親信裡梢來，可是他到現在才明白地感覺到了。——其實那時的屋裡所有的於誰都是「驀生」的；誰底生命流裡不會被丟了瓦礫，掀起不安底波浪呢？但丟給他們倆的大些，波動自然也有力些；所以便份外感著了，於是他們坐坐無聊，都告辭了。他倆顯然覺得有些異樣，這個異樣，教他們倆不能即時聯合——他們不曾說話，電燈底光確和往日不同，光裡一切，自然也都變化，在他倆眼裡，包圍著他們的都是偶力底漩渦；坐的椅子，面前的桌子，桌上的墨水瓶，瓶裡墨水底每一滴，像都由那些漩渦支持著，漩渦呢，自然是不安和歡樂底交流了。

電燈滅了，一切都寂靜，他們也自睡下。漸漸有些唧唧噥噥底聲音，半夜底話終於將那不安「消毒」了，歡樂瀰漫著他倆間；他倆便這般聯合了，和他們最近的分別的一秒時一樣。

第二天，他們雇定一個女僕。第三天清早便打發那送的人回去，簡陋而甜蜜的家，這樣在那鬆鋪著的沙上築起來了。他照常教他的書。伊願意給他燒飯，伊不歡喜喫公寓裡的飯，也不歡喜他喫，他倆商量底結果，只有由伊自己在房裡燒了。但伊並未做慣這事，孩子只磨著伊；新地方市場底情形，伊也不熟悉。所以幾天過後，便自懊惱著，但為他的緣故，終於耐著心，習慣自然了。他有時也嫌房裡充滿廚竈的空氣，又不耐聽孩子儂懶的聲音，教他不能讀書；便著了急，只繞著桌子打旋。但走過幾轉，看看正在工作的伊；也只好歎口氣，諒解伊了。有時他倆卻也會因這些事反目；可是照例不能堅持。不是伊，便是他，忍不住先道了，那一個就也笑笑。他倆這樣愛著過活——雖不十分自然——轉眼已是一年多了。

但是有一件可厭的，而不可避的事；伊一個月後便生產。他倆從不曾仔細想過這個，現在卻都愁著。公寓不用說是不便的。他母親信上說，「可以入醫院，有我來照料；」父親卻寧願伊和八兒回家。他曉得母親是愛遊逛，愛買東西的，來去又要人送——所費必不得少；倘伊家也有人來監產，——一定會有的——那可怎麼辦呢？非百元不可了！其實家裡若能來一女僕，和八兒親熱的，領領他伊便也可安然到醫院去。但他怎好和母親說，不要伊來呢？又怎好禁止岳家底人呢？他不得不想到怎樣急切地湊著一百元了？可以想到的已想到，最後——最後了，他的心只能戰戰地往答道：「否！」——於是一切都完了，他鄭重地告訴伊，「現在只有回去！」爲一百元底緣故，他倆不得不暫時賤賣那愛底生活了。

伊忽然一噤，像被針刺了那裡，掩著面坐下哭了。八兒正在玩耍，回頭看見，忙跑近伊，搖著伊膝頭，懇求似地望著伊說，「娘，不淌眼淚！」伊毫不理會；孩子臉一苦，哭嚷道：「看不見娘，看不見娘了！」他呢，卻慢騰騰的，只想搜出些有力的話安慰伊，可是將說那一句話好？便默默地看在伊的手搗著的，和八兒淚洗著的臉上；半響，才囁嚅著掙出三個字道：「別哭吧！」以下可再說不出來了！

正窘著，恰好想一件事；就撇開了伊們，尋出紙筆，寫信給家裡，叫那回送伊來的再來接伊去。寫好，走出交女僕去發。伊早住了哭癡癡地想；八兒倚著伊不作聲。他悄走近前，拍伊肩頭一下。伊大喫一嚇，看了看是他，微笑說，「剛才眞無謂哩！」

第三晚上，孩子睡下了，接的人走進房裡，伊像觸著閃電似的，一縷酸意立時淪浹了全身的纖維，伊的眼直眨，撐不住要哭了。伊趕快別過臉去，竭力忍住，小聲兒抽咽著，都能增加伊思想底力量，教伊能夠明明白白記起一直以前的事，婆婆怎樣慫恿伊走；伊怎樣忙著整裝，怎樣由那人伴上輪船，火車，八兒怎樣會淘氣，伊怎樣見著父親，最後——怎樣見了他。

……伊尋著已失的鎖鑰，打開塵封著的記憶底箱，滿眼都流著快樂呵！伊的確忘記了現在，直到他問完話，那人走出去了。於是伊凝一凝神，回復了伊現在的伊，現在便撈著伊的淚囊伊可再禁不住，只好聽他橫流了！他也只躺在床上：不敢起來，全不能安慰伊，等到曉得伊確已不哭了，才拿了那半濕的手帕，走過去給伊揩剩在臉上的淚；又悄悄地說，「後天走吧，明天街上買點東西帶著。……」伊歎口氣，含著淚微微地點頭，那時接的人已經鼾睡；他倆也只有睡下。

第二天他倆有說有笑的，和平常一樣；但他要伊同出去時，伊卻回說，「心裡不好，不去了。」他晚上回來，伊早將行李整好；孩子也已經睡了。伊教他看了行李，指點著和他說：「你的東西，我也給你收拾了。皮袍在大箱裡，天氣熱起來，也可叫聽差拿去曬曬，別讓他霉了——霉了就可惜了，小衫褲和襪子，帕兒，都在小提箱裡。剪刀，線板，也放在裡面。那邊抽屜裡還賸下些豬油和鹽；我給你買了十個雞蛋，放在這罐裡。你餓時自在煤油爐上燉燉喫吧。今天飯菜吃不了，也拿來放在抽屜裡，你明天好獨自吃兩餐安穩飯，——孩子在這裡，到底吵著你——後天再和他們一桌喫不遲。」

……伊聲音有些岔了，他也聽得呆了，竟不知身子在那裡。他的淚不和他商議，熱滾滾直滴下來了。他趕緊趁伊不見，掏出帕兒揩乾。伊可也再說不出甚麼；只坐在一旁出神。他叫送的人進來，將伊的帳子卸下，舖蓋捲了——便省得明早忙了。於是伊僅剩的安慰從伊心裡榨出，伊覺兩手都空著了。四面光景逼迫著伊，叫伊拿甚麼抵禦呢？伊只得自己躺下，被蒙在伊淚流如水的臉上，那時他眼見伊睡了一年多的床漸漸異樣了，只微微微微地噓氣，像要將他血裡所有愁底種子藉著肺力一粒粒地呼出一般。床是空了，他忽然詫異地看著；一年前空著的床，爲甚支了帳子，放下鋪蓋呢？支了，放了，又爲甚卸了，捲了呢？這確有些奇怪，他躊躇了一會，——忽然想起來了，「伊呢？」伊已是淚人兒了。他可怎麼辦呢？他親親切切地安慰伊些話，但是毫不著力，而且不自然；他終於徬徨無措嗚嗚咽咽哭了，伊卻又給他揩淚帶著者鼻音說，「我心裡被凌遲一般！」一會，又抽咽著說，「我走後，你別傷心，晚上早些睡，躺下總得自己將被蓋上——著了涼誰問你呢！」

……他一面拭淚，一面聽著，可是不甚明白伊的意思，只覺他的心絃和伊的聲帶合奏著不可辨認的微妙的悲調，精神也便律動著罷了。那時睡神可憐他們，漸漸誘他們入夢。但伊這瞬間的心是世上最不容易被誘惑的東西之一，所以伊不久便又從夢中哭醒；他也驚覺。大黑暗間微睜著惺忪的兩眼，告訴朝陽便將到來了。

他們躺了一會，起來，孩子也醒了；天光已是太亮。他叫起那接的人，大家胡亂洗了臉。他倆不想喫甚麼，只拿些點心給八兒和那人喫了。那人出去雇好車子。他倆叫女僕來，算清工錢，打發伊走路，將伊的行李搬完，他們便鎖門下去。女僕抱著八兒送到門口，將他遞給車上的伊，他忽然不肯，傾著身大張開兩臂，哭著喊著要女僕抱！「家家——家家！」伊臉上不由也流露寂寞底顏色。他母親只得狠狠心輕拍了他兩下，硬抱過去；車子便拉動了。他看見街上熱鬧光景；高高興興指點著，全忘記剛才的悲哀。

他們到了車站，黑壓壓滿都是人；哄哄底聲音攪渾了腦子，他讓伊和八兒在一張靠椅上坐下，教接的人去買車票，寫行李票，他便一面看著行李，一面盼著票子——這樣迫切的盼著，旅客們信步的躑躅，惶急的問訊在他都模模糊糊的，無甚意義了。但這些卻全看在伊的眼，聽在伊的耳，塞在伊的腦裡，伊再沒有自由思想底餘地，伊的身子好像浮著在雲霧裡一般。那時接的人已在行李房門前墊著腳，伸著頭，向裡張著，房裡滿擠著人，房外亂攤著箱，籃，鋪蓋之類。

大家都搶著將自己的東西從人縫裡往裡塞，塞時人們底行列微微屈曲，塞了便又依然。他這時走過去，幫接的人將伊的行李好容易也抬到房裡，寫了票子；才放了心。他們便都走到月臺上候車，八兒已經睡著，伊癡著眼不說話了；他只盤旋著，時時探著頭，看軌道盡處，火車來否？——嗚嗚……來了！人們波一般暫時退下，靜著，傾斜了身子，預備上去，眩人眼的列車懶懶地停住。乘客如潮地湧上。他抱了八兒，一手遮著伊，掙扎了幾次，才上了車。

匆忙裡找了一個坐位，讓伊歇下。伊抱過八兒，他上車時哼了哼，便又睡著了。接的人也走來。他囑咐他些話：「你去吧。」他說等一會不要緊，可也只能立著，說不出話。但是警笛響了再不能延挨，伊默默地將八兒抱近他，他噙淚低頭在他紅著的小頰上輕輕地親了一下。用力睜著眼，沙聲說，「我去了？」便頭也不回，下車匆匆走了！伊從窗裡望著；直到眼裡沒有一些他的影子，伊才發見兩行熱淚早已流在伊的臉了。掏出帕兒揩乾。火車已經開動，微風從伊最後見他的窗裡吹來，伊像做夢一般。

他回來緊閉了門，躺在床上空想；他坐不住，所以躺了。他細味他倆最近的幾頁可愛的歷史。想一節傷一回心，但他寧願這樣甜蜜的傷心，他又想起樣無微不至地愛他，他痛苦時伊又怎樣安慰他。但他怎樣待伊呢？他不曾容忍過伊僅有的，微細的譴謫；他常用言語壓迫伊，伊的心受了傷，伊便因此哭了，他是怎樣「酷虐」？他該怎樣對伊抱歉！他將向誰懺悔呢？他所曾施的壓迫將轉而壓迫著他！

他似乎全被伊佔領了；那晚沒有吃飯。電燈快滅時，他懶懶地起來，脫了衣服，便重又睡下。他忽然覺著，屋裡是太靜默了。被兒，褥兒，枕兒，帳兒，都板板向他，也這樣彼此向著寒心的靜默嚴霜似的裹著他的周圍。「虛幻的，朋友們，你們曾有的，伊和我同在時，你們曾有的，狂醉在那裡了呢！」這或者——或者和他自己，都給伊帶去了嗎？但是屋裡始終如死地靜默著。

唉！累人想到了伊呵！

哀互生

三月裡劉薰宇君來信，說互生病了，而且是沒有希望的病，醫生說只好等日子了。四月底在時事新報上看見立達學會的通告，想不到這麼快，互生就歿了，後來聽說他病中的光景，那實在太慘，爲他想，早點去，少吃些苦頭，也未曾不好的。但丟下立達這個學校，這班朋友，這班學生，他一定不甘心，不瞑目。

互生最叫我們紀念的是他做人的態度。他本來是一付銅筋鐵骨，黑皮膚襯著那一套大布之衣，看去像個鄉下人。什麼苦都吃得，從不曉得享用，也像鄉下人，他心裡那一團火，也像鄉下人。那一團火是熱，是力，是光。他不愛多說話，但常常微笑，那微笑是自然的，溫暖的。在他看；人是可以互相愛著的，除了一些成見已深，不願打開窗戶說亮話的。他對於這些人卻有些憎惡，不肯假借一點顏色，世界上只有能憎的人才能愛，愛憎沒有定見，只是毫無作爲的腳色。

互生覺得青年成見還少，希望最多；所以願將自己的生命一滴不剩而獻給他們，讓愛的宗教在他們中間發榮滋長，讓他們都走向新世界去。互生不好發議論，只埋著頭幹幹幹，是儒家的眞正精神。我和他並沒有深談過，但從他的行事看來，相信我是認識他的。

互生辦事的專心，很少有人及得他。他辦立達便飲食坐臥只惦著立達，再不想別的。立達好像他的情人，他的獨子。他性情本有些狷介，但爲了立達，也常去看一班大人先生，更常去看那些有錢可借的老板之類。他東補西湊地爲立達籌款子，還要跑北平，跑南京。有一回他本可以留學去，但丟不下立達，到底沒有去。他將生命獻給立達，立達也便是他的生命。

他辦立達這麼多年，並沒有讓多少人知道他個人的名字；他早忘記了自己。現在他那樣壯健的身子到底爲立達犧牲了。他殉了自己的理想，是有意義的。只是這理想剛在萌芽；我們都該想想，立達怎樣才可不死呢？立達不死，互生其實也便不死了。

沉默

沉默是一種處世哲學；用得好時，又是一種藝術。

誰都知道口是用來喫飯的，有人卻說是用來接吻的。我說滿沒有錯兒；但若統計起來，口的最多的（也許不是最大的）用處，還應該是說話，我相信。按照時下流行的議論，說話大約也眞是一種「宣傳」，自我的宣傳。所以說話徹頭徹尾是爲自己的事。若有人一口咬定是爲別人，憑了種種神聖的名字，我卻也願意讓步，請許我這樣說；說話有時的確只是間接地爲自己，而直接地算是爲別人！

自己以外有別人，所以要說話；別人也有別人的自己，所以又要少說話或不說話。於是乎我們要懂得沉默。你若念過魯迅先生的《祝福》，一定會立刻明白我的意思。

一般人見生人時，大抵會沉默的，但也有不少例外。常在火車輪船裡，看見有些人迫不及待似地到處向人問訊，攀談，無論他是搭客或茶房。我只有羨慕這些人的健康，因爲在中國這樣旅行中，竟會不感覺一點兒疲倦！

見生人的沉默，大約由於原始的恐懼，但是似乎也還有別的。假如這個生人的名字，你全然不熟悉，你所能做的工作，自然只是有意或無意的防禦——像防禦一個敵人。沉默便是最安全的防禦戰略。你不一定要他知道你，更不想讓他發現你的可笑的地方——一個人總有些可笑的地方不是？——你只讓他盡量說他所要說的，若他是個愛說話的人。末了你恭恭敬敬和他分別。

假如這個生人，你願意和他做朋友，你也還是得沉默。但是得留心聽他的話，選出幾處，加以簡短的，相當的讚詞；至少也得表示相當的同意。這就是知己的開場，或說起碼的知己也可。

假如這個生人，是你所敬仰的或未必敬仰的「大人物」，你記住，更不可不沉默！大人物的言語，乃至臉色眼光，都有異樣的地方；你最好遠遠地坐著，讓那些勇敢的同伴上前線去。——自然，我說的只是你偶然地遇著或隨衆訪問大人物的時候，若你願專誠拜謁，你得另想辦法；在我，那卻是一件可怕的事。——你看看大人物與非大人物或大人物與大人物間談話的情形，準可以滿足，而不用從牙縫裡迸出一個字。說話是一件費神的事，能少說或不說以及應少說或不說的時候，沉默實在是長壽之一道。至於自我宣傳，誠哉重要——誰能不承認這是重要呢？——但對於生人，這是白費的；他不會領略你宣傳的旨趣，只暗笑你的宣傳熱；他會忘記得乾乾淨淨，在和你一鞠躬或一握手以後。

朋友和生人的不同，就在他們能聽也肯聽你的說話——宣傳。這不用說是交換的，但是就是交換的也好。他們在不同的程度下了解你，諒解你；他們對於你有了相當的趣味和禮貌。你的話滿足他們的好奇心，他們便趣味地聽著，你的話嚴重或悲哀，他們因為禮貌的緣故，也能暫時跟著你嚴重或悲哀。在後一種情形裡，滿足的是你；他們所真感到的怕倒是矜持的氣氛。他們知道「應該」怎樣做；這其實是一種犧牲，「應該」也「值得」感謝的。

但是即使在知己的朋友面前，你的話也還不應該說得太多；同樣的故事，情感，和警句，雋語，也不宜重複地說。《祝福》就是一個好榜樣。你應該相當地節制自己，不可妄想你的話佔領朋友們整個的心——你自己的心，也不會讓別人完全佔領呀。你更應該知道怎樣藏匿你自己。只有不可知，不可得的，才有人去追求；你若將所有的盡給了別人，你對於別人，對於世界，將沒有絲毫意義，正和醫學生實習解剖時用過的屍體一樣。那時是不可思議的孤獨，你將不能支持自己，而傾仆到無底的黑暗裡去。

一個情人常喜歡說，「我願意將所有的都獻給你！」誰眞知道他或她所有的是些什麼呢！第一個說這句話的人，只是表示自己的慷慨，至多也只是表示一種理想；以後跟著說的，更只是「口頭禪」而已。所以朋友間，甚至戀人間，沉默還是不可少的。你的話應該像黑夜的星星，不應該像除夕的爆竹——誰希罕那徹宵的爆竹呢？而沉默有時更有詩意。譬如在下午，在黃昏，在深夜，在大而靜的屋子裡，短時的沉默，也許遠勝於連續不斷的倦怠了的談話。有人稱這種境界為「無言之美」，你瞧，多漂亮的名字！——至於所謂「拈花微笑」，那更了不起了！

可是沉默也有不行的時候，人多時你容易沉默下去，一主一客時，就不準行。你的過分沉默，也許把你的生客惹惱了，趕跑了！倘使你願意趕他，當然很好；倘使你不願意呢，你就得不時的讓他喝茶，抽煙，看畫片，讀報，聽話匣子，偶然也和他談談天氣，時局，——只是複述報紙的記載，加上幾個不能解決的疑問——總以引他說話爲度。於是你點點頭，哼哼鼻子，時而嘆嘆氣，聽著。他說完了，你再給起個頭，照樣地聽著。

但我的朋友遇見過一位生客，他是一位準大人物，因某種禮貌關係去看我的朋友。他坐下時，將兩手攏起，擱在桌上。說了幾句話，就止住了，兩眼炯炯地直看著我的朋友。我的朋友窘極，好不容易陸陸續續地找出一句半句話來敷衍。這自然也是沉默的一種用法，是上司對屬僚保持威嚴用的。用在一般交際裡，未免太露骨了；而在上述的情形中，不爲主人留一些餘地，更屬無禮。

大人物及準大人物之可怕，正在此等處。至於應付的方法，其實倒也有，那還是沉默；只消照樣攏了手，和他對看起來，他大約也就無可奈何了吧？

匆匆

燕子去了，有再來的時候；楊柳枯了，有再青的時候；桃花謝了，有再開的時候。但是，聰明的，你告訴我，我們的日子爲什麼一去不復返呢？——是有人偷了他們吧；那是誰？又藏在何處呢？是他們自己逃走了吧；現在又到了哪裡呢？

我不知道他們給了我多少日子；但我的手確乎是漸漸空虛了。在默默裡算著，八千多日子已經從我手中溜去；像針尖上一滴水滴在大海裡，我的日子滴在時間的流裡，沒有聲音，也沒有影子。我不禁汗涔涔而淚潸潸了。

去的儘管去了，來的儘管來著；去來的中間，又怎樣地匆匆呢？早上我起來的時候，小屋裡射進兩三方斜斜的太陽。太陽他有腳啊，輕輕悄悄地挪移了；我也茫茫然跟著旋轉。於是——洗手的時候，日子從水盆裡過去；喫飯的時候，日子從飯碗裡過去；默默時，便從凝然的雙眼前過去。我覺察他去的匆匆了，伸出手遮挽時，他又從遮挽著的手邊過去。天黑時，我躺在床上，他便伶伶俐俐地從我身上跨過，從我腳邊飛去了。等我睜開眼和太陽再見，這算又溜走了一日。我掩著面嘆息。但是新來的日子的影兒又開始在嘆息裡閃過了。

在逃去如飛的日子裡，在千門萬戶的世界裡的我能做些什麼呢？只有徘徊罷了，只有匆匆罷了；在八千多日的匆匆裡，除徘徊外，又賸些什麼呢？過去的日子如輕烟，被微風吹散了，如薄霧，被初陽蒸融了；我留著些什麼痕跡呢？我何曾留著像游絲樣的痕跡呢？我赤裸裸來到這世界，轉眼間也將赤裸裸的回去吧？但不能平的，為什麼偏要白白走這一遭啊？

你聰明的，告訴我，我們的日子為甚麼一去不復返呢？

民國十一年三月二十八日

歌聲

昨晚中西音樂歌舞大會裡「中西絲竹和唱」的三曲清歌，眞令我神迷心醉了。彷彿一個暮春的早晨，霏霏的毛雨默然灑在我臉上，引起潤澤，輕鬆的感覺。新鮮的微風吹動我的衣袂，像愛人的鼻息吹著我的手一樣。我立的一條白礬石的甬道上，經了那細雨，正如塗了一層薄薄的乳油；踏著只覺越發滑膩可愛了。

這是在花園裡。群花都還做她們的清夢。那微雨偷偷洗去她們的塵垢，她們的甜軟的光澤便自煥發了，在那被洗去的浮豔下，我能看到她們在有日光時所深藏著的恬靜的紅，冷落的紫，和苦笑的白與綠。以前錦繡般在我眼前的，現在都帶了黯淡的顏色。——是愁著芳春的銷歇嗎？是感著芳春的困倦嗎？

大約也因那濛濛的雨，園裡沒了穠郁的香氣。涓涓的東風只吹來一縷縷餓了似的花香；夾帶著些潮濕的草叢的氣息和泥土的滋味。園外田畝和沼澤裡，又時時送過些新插的秧，少壯的麥，和成蔭的柳樹的清新的蒸氣。這些雖非甜美，卻能強烈地刺激我的鼻觀，使我有愉快的倦怠之感。

看啊，那都是歌中所有的：我用耳，也用眼，鼻，舌，身，聽著；也用心唱著。我終於被一種健康的麻痺襲取了，於是為歌所有。此後只由歌獨自唱著，聽著；世界上便只有歌聲了。

民國十年十一月三日，上海。

月朦朧，鳥朦朧，簾捲海棠紅

這是一張尺多寬的小小的橫幅，馬孟容君畫的。上方的左角，斜著一卷綠色的簾子，稀疏而長；當紙的直處三分之一，橫處三分之二。簾子中央，著一黃色的，茶壺嘴似的鉤兒——就是所謂軟金鉤嗎？「鉤彎」垂著雙穗，石青色；絲縷微亂，若小曳於輕風中。紙右一圓月，淡淡的青光遍滿紙上！月的純淨，柔軟與平和，如一張睡美人的臉。從簾的上端向右斜伸而下，是一枝交纏的海裳花。花葉扶疏，上下錯落著，共有五叢；或散或密，都玲瓏有致。葉嫩綠色，彷彿掐得出水似的；在月光中掩映著，微微有淺深之別。花正盛開，紅豔欲流；黃色的雄蕊歷歷的，閃閃的。襯托在叢綠之間，格外覺得嬌嬈了。枝欹斜而騰挪，如少女的一隻臂膊。枝上歇著一對黑色的八哥，背著月光，向著簾裡。一隻歇得高些，小小的眼兒半睜半閉的，似乎在入夢之前，還有所留戀似的。那低些的一隻別過臉來對著這一隻，已縮著頭兒睡了。簾下是空空的，不著一些痕跡。

試想在園月朦朧之夜，海棠是這樣的嫵媚而嫣潤；枝頭的好鳥為什麼卻雙棲而各夢呢？在這夜深人靜的當兒，那高踞著的一隻八哥兒，又為何盡撐著眼皮兒不肯睡去呢？他到底等什麼來著？捨不得那淡淡的月兒嗎？捨不得那疏疏的簾兒嗎？不，不，不，您得到簾下去找，您得向簾中去找——您該找著那捲簾人了？他的情韻風懷，原是這樣這樣的喲！朦朧的豈獨月呢；豈獨鳥呢？但是，咫尺天涯，教我如何耐得？我拚著千呼萬喚！你能夠出來嗎？

這頁畫布局那樣經濟，設色那樣柔活，故精彩足以動人。雖是區區尺幅，而情韻之厚，已足淪肌浹髓而有餘。我看了這畫，瞿然而驚！留戀之懷，不能自己。故將所感受的印象細細寫出，以誌這一段因緣。但我於中西的畫都是門外漢，所說的話不免為內行所笑。——那也只好由他了。

民國十三年二月一日，溫州作。

白水漈

幾個朋友伴我遊白水漈。

這也是個瀑布；但是太薄了，又太細了。有時閃著些須的白光；等你定睛看去，卻又沒有——只賸一片飛烟而已。從前有行所謂「霧縠」，大概就是這樣了。所以如此，全由於岩石中間突然空了一段；水到那裡，無可憑依，凌虛飛下，便扯得又薄又細了。當那空處，最是奇跡。白光嬗爲飛烟，已是影子，有時卻連影子也不見。有時微風過來，用纖手挽著那影子，它便裊裊的成了一個軟弧；但她的手才鬆，它又像橡皮帶兒似的，立刻伏伏貼貼的縮回來了。我所以猜疑，或者另有雙不可知的巧手，要將這些影子織成一個幻網。——微風想奪了她的，她怎樣肯呢？

幻網裡也許織著誘惑；我的依戀便是個老大的證據。

三月十六日，寧波作。

槳聲燈影裡的秦淮河

民國十二年八月的一晚，我和平伯同遊秦淮河；平伯是初泛，我是重來了。我們雇了一隻「七板子」，在夕陽已去，皎月方來的時候，便下了船。於是槳聲汩——汩，我們開始領略那晃蕩著薔薇色的歷史的秦淮河的滋味了。

秦淮河裡的船，比北平萬甡園，頤和園的船好，比西湖的船好，比揚州瘦西湖的船也好。這幾處的船不是覺著笨，就是覺著簡陋、侷促；都不能引起乘客們的情韻，如秦淮河的船一樣。秦淮河的船約略可分為兩種：一是大船；一是小船，就是所謂「七板子」。大船艙口闊大，可容二、三十人。裡面陳設著字畫和光潔的紅木家具，桌上一律嵌著冰涼的大理石面，窗格雕鏤頗細，使人起柔膩之感。窗格裡映著紅色藍色的玻璃；玻璃上有精緻的花紋，也頗悅人目。

「七板子」規模雖不及大船，但那淡藍色的闌干，空敞的艙，也足繫人情思。而最出色處卻在它的艙前。艙前是甲板上的一部，上面有弧形的頂，兩邊用疏疏的闌干支著。裡面通常放著兩張籐的躺椅。躺下，可以談天，可以望遠，可以顧盼兩岸的河房。大船上也有這個，但在小船上更覺清雋罷了。

艙前的頂下，一律懸著燈彩；燈的多少，明暗，彩蘇的精粗，豔晦，是不一的。但好歹總還你一個燈彩。這燈彩實在是最能鈎人的東西。夜幕垂垂地下來時，大小船上都點起燈火。從兩重玻璃裡映出那輻射著的黃黃的散光，反暈出一片朦朧的烟靄；透過這烟靄，在黯黯的水波裡，又逗起縷縷的明漪。在這薄靄和微漪裡，聽著那悠然的間歇的槳聲，誰能不被引入他的美夢去呢？只愁夢太多了，這些大小船兒如何載得起呀？我們這時模模糊糊的談著明末的秦淮河的豔跡，如《桃花扇》及《板橋雜記》裡所載的。我們眞神往了。我們彷彿親見那時華燈映水，畫舫凌波的光景了，於是我們的船便成了歷史的重載了。我們終於恍然秦淮河的船所以雅麗過於他處，而又有奇異的吸引力的，實在是許多歷史的影象使然了。

秦淮河的水是碧陰陰的；看起來厚而不膩，或者是六朝金粉所凝嗎？我們初上船的時候，天色還未斷黑，那漾漾的柔波是這樣的恬靜，委婉，使我們一面有水闊天空之想，一面又憧憬著紙醉金迷之境了。等到燈火明時，陰陰的變爲沉沉了：黯淡的水光，像夢一般；那偶然閃爍著的光芒，就是夢的眼睛了。我們坐在艙前，因了那隆起的頂棚，彷彿總是昂著首向前走著似的；於是飄飄然如御風而行的我們，看著那些自在的灣泊著的船，船裡走馬燈般的人物，便像是下界一般，迢迢的遠了。又像在霧裡看花，盡朦朦朧朧的。這時我們已過了利涉橋，望見東關頭了。

沿路聽見斷續的歌聲：有從沿河的妓樓飄來的，有從河上船裡來的。我們明知那些歌聲，只是些因襲的言詞，從生澀的歌喉裡機械的發出來的；但它們經了夏夜的微風的吹漾和水波的搖拂，裊娜著到我們耳邊的時候，已經不單是她們的歌聲，而混著些微風和河水的密語了。於是我們不得不被牽惹著，震撼著，相與浮沈於這歌聲裡了。

從東關頭轉彎，不久就到大中橋，共有三個橋拱，都很闊大，儼然是三座門兒；使我們覺得我們的船和船裡的我們，在橋下過去時，眞是太無顏色了。橋磚是深褐色，表明它的歷史的長久；但都完好無缺，令人太息於古昔工程的堅美。橋上兩旁都是木壁的房子。中間應該有街路？這些房子都破舊了，多年烟熏的跡，遮沒了當年的美麗。

我想像秦淮河的極盛時，在這樣宏闊的橋上，特地蓋了房子，必然是髹漆得富富麗麗的；晚間必然是燈火通明的。現在卻只剩下一片黑沈沈！但是橋上造著房子，畢竟使我們多少可以想見往日的繁華，這也慰情聊勝於無了。過了大中橋，便到了燈月交輝，笙歌徹夜的秦淮河；這才是秦淮河的眞面目哩。

大中橋外，頓然空闊，和橋內兩岸排著密密的人家的大異了。一眼望去，疏疏的林，淡淡的月，襯著藍蔚的天，頗像荒江野渡光景；那邊呢，鬱叢叢的，陰森森的，又似乎藏著無邊的黑暗：令人幾乎不信那是繁華的秦淮河了。但是河中眩暈著的燈光，縱橫著的畫舫，悠揚著的笛韻，夾著那吱吱的胡琴聲，終於使我們認識綠茵如陳酒的秦淮水了。此地白天裸露著的多些，故覺夜來的獨遲些；從清清的水影裡，我們感到的只是薄薄的夜——這正是秦淮河的夜。

大中橋外，本來還有一座復成橋，是船夫口中的我們的遊蹤處，或也是秦淮河繁華的盡處了。我的腳曾踏過復成橋的脊，在十三、四歲的時候。但是兩次遊秦淮河，卻都不曾見著復成橋的面；明知總在前途的，卻常覺得有些虛無縹緲似的。我想，不見倒也好。這時正是盛夏。我們下船後，藉著新生的晚涼和河上的微風，暑氣已漸漸消散；到了此地，豁然開朗，身子頓然輕了——習習的清風荏苒在面上，手上，衣上，這便又感到一縷新涼了。

南京的日光，大概沒有杭州猛烈；西湖的夏夜老是熱蓬蓬的，水像沸著一般，秦淮河的水卻盡是這樣冷冷的綠著。任你人影的憧憧，歌聲的擾擾，總像隔著一層薄薄的綠紗面冪似的；它盡是這樣靜靜的，冷冷的綠著。我們出了大中橋，走不上半里路，船夫便將船划到一旁，停了槳由它宕著。他以為那裡正是繁華的極點，再過去就是荒涼了；所以讓我們多多賞鑑一會兒。他自己卻靜靜的蹲著。他是看慣這光景的了，大約只是一個無可無不可。這無可無不可，無論是升的沉的，總之，都比我們高了。

那時河裡鬧熱極了；船大半泊著，小半在水上穿梭似的來往，停泊著的都在近市的那一邊，我們的船自然也夾在其中。因為這邊略略的擠，便覺得那邊十分的疏了。在每一隻船從那邊過去時，我們能畫出它的輕輕的影和曲曲的波，在我們的心上；這顯著是空，且顯著是靜了。那時處處都是歌聲和淒厲的胡琴聲，圓潤的喉嚨，確乎是很少的。

但那生澀的，尖脆的調子能使人有少年的，粗率不拘的感覺，也正可快我們的意。況且多少隔開些兒聽著，因爲想像與渴慕的做美，總覺更有滋味；而競發的喧囂，抑揚的不齊，遠近的雜沓，和樂器的嘈嘈切切，合成另一音味的諧音，也使我們無所適從，如隨著大風而走。這實在因爲我們的心枯澀久了，變爲脆弱；故偶然潤澤一下，便瘋狂似的不能自主了。

但秦淮河確也膩人。即如船裡的人面，無論是和我們一堆兒泊著的，無論是從我們眼前過去的，總是模模糊糊的，甚至渺渺茫茫的；任你張圓了眼睛，揩淨了眥垢，也是枉然。這眞夠人想呢。在我們停泊的地方，燈光原是紛然的；不過這些燈光都是黃而有暈的。黃已經不能明了，再加上了暈，便更不成了。燈愈多，暈就愈甚；在繁星般的黃的交錯裡，秦淮河彷彿籠上了一團光霧。光芒與霧氣騰騰的暈著，什麼都只剩了輪廓了；所以人面的詳細的曲線，便消失於我們的眼底了。但燈光究竟奪不了那邊的月色；燈光是渾的，月色是清的。在渾沌的燈光裡，滲入一派清輝，卻眞是奇跡！

那晚月兒已瘦削了兩三分。她晚粧才罷，盈盈的上了柳梢頭。天是藍得可愛，彷彿一汪水似的；月兒便更出落得精神了。岸上原有三株兩株的垂楊樹，淡淡的影子，在水裡搖曳著。它們那柔細的枝條沿著月光，就像一支支美人的臂膊，交互的纏著，挽著；又像是月兒披著的髮。而月兒偶然也從它們的交叉處偷偷窺看我們，大有小姑娘怕羞的樣子。

岸上另有幾株不知名的老樹，光光的立著；在月光裡起來，卻又儼然是精神矍鑠的老人。遠處——快到天際線了，才有一兩片白雲，亮得現出異彩，像美麗的貝殼一般。白雲下便是黑黑的一帶輪廓；是一條隨意畫的不規則的曲線。這一段光景，和河中的風味大異了。但燈與月竟能並存著，交融著，使月成了纏綿的月，燈射著渺渺的靈輝；這正是天之所以厚秦淮河，也正是天之所以厚我們了。

這時卻遇著了難解的糾紛。秦淮河上原有一種歌妓，是以歌爲業的。從前都在茶舫上，唱些大曲之類。每日午後一時起；什麼時候止，卻忘記了。晚上照樣也有一回。也在黃暈的燈光裡。我從前過南京時，曾隨著朋友去聽過兩次。因爲茶舫裡的人臉太多了，覺得不大適意，終於聽不出所以然。當年聽說歌妓被取締了，不知怎的，頗涉想了幾次——卻想不出什麼。這次到南京，先到茶舫上去看看，覺得頗是寂寥，令我無端的悵悵了。不料她們卻仍在秦淮河裡掙扎著，不料她們竟會糾纏到我們，我於是很張惶了。她們也乘著「七板子」，她們總是坐在艙前的。艙前點著石油汽燈，光亮眩人眼目：坐在下面的，自然是纖毫畢見了——引誘客人們的力量，也便在此了。艙裡躲著樂工等人，映著汽燈的餘輝蠕動著；他們是永遠不被注意的。

每船的歌妓大約都是二人；天色一黑，她們的船就在大中橋外往來不息的兜生意。無論行著的船，泊著的船，都要來兜攬的。這都是我後來推想出來的。那晚不知怎樣，忽然輪著我們的船了。我們的船好好的停著，一隻歌舫划向我們來了，漸漸和我們的船並著了。爍爍的燈光逼得我們皺起了眉頭；我們的風塵色全給它托出來了，這使我踧踖不安了。那時一個夥計跨過船來，拿著攤開的歌摺，就近塞向我的手裡，說，「點幾齣吧！」他跨過來的時候，我們船上似乎有許多眼光跟著。同時相近的別的船上也似乎有許多眼睛炯炯的向我們船上看著。我眞窘了！我也裝出大方的樣子，向歌妓們瞥了一眼，但究竟是不成的！我勉強將那歌摺翻了一翻，卻不曾看清了幾個字；便趕緊還那夥計，一面不好意思地說，「不要，我們……不要。」他便塞給平伯。平伯掉轉頭去，搖手說，「不要！」那人還膩著不走。平伯又回過臉來，搖著頭道，「不要！」於是那人重到我處。我窘著再拒絕了他。他這才有所不屑似的走了。我的心立刻放下，如釋了重負一般。我們就開始自白了。

我說我受了道德律的壓迫，拒絕了她們；心裡似乎很抱歉的。這所謂抱歉，一面對於她們，一面對於我自己。她們於我們雖然沒有很奢的希望，但總有些希望的。我們拒絕了她們，無論理由如何充足，卻使她們的希望受了傷；這總有幾分不做美了。這是我覺得很悵悵的。

至於我自己，更有一種不足之感。我這時被四面的歌聲誘惑了，降服了；但是遠遠的，遠遠的歌聲總彷彿隔著重衣搔癢似的，越搔越搔不著癢處。我於是憧憬著貼耳的妙音了。在歌舫划來時，我的憧憬，變為盼望；我固執的盼望著，有如饑渴。雖然從淺薄的經驗裡，也能夠推知，那貼耳的歌聲，將剝去了一切的美妙；但一個平常的人像我的，誰願憑了理性之力去醜化未來呢？我寧願自己騙著了。不過我的社會感性是很敏銳的；我的思力能拆穿道德律的西洋鏡，而我的感情卻終於被它壓服著，我於是有所顧忌了，尤其是在衆目昭彰的時候。道德律的力，本來是民衆賦予的；在民衆的面前，自然更顯出它的威嚴了。

我這時一面盼望，一面卻感到了兩重禁制：一，在通俗的意義上，接近妓者總算一種不正當的行爲。二，妓是一種不健全的職業，我們對於她們，應有哀矜勿喜之心，不應賞玩的去聽她們的歌。在衆目睽睽下，這兩種思想在我心裡最爲旺盛。她們暫時壓倒了我的聽歌的盼望，這便成就了我的戈火弓日山。那時的心實在異常狀態中，覺得頗是昏亂。歌舫去了，暫時寧靜之後，我的思緒又如潮湧了。兩個相反的意思在我心頭往復：賣歌和賣淫不同，聽歌和狎妓不同，又干道德甚事？——但是，但是，她們既被逼的以歌爲業，她們的歌必無藝術味的；況她們的身世，我們究竟該同情的。所以拒絕倒也是正辦。但這些意思終於不曾撇開我的聽歌的盼望。它力量異常堅強；它總想將別的思緒踏在腳下。從這重重的爭鬥裡，我感到了濃厚的不足之感。這不足之感使我的心盤旋不安，起坐都不安寧了。

唉！我承認我是一個自私的人！平伯呢，卻與我不同。他引周啓明先生的詩，

「因為我有妻子，所以我愛一切的女人；因為我有子女，所以我愛一切的孩子。」他的意思可以見了。他因為推及的同情，愛著那些歌妓，並尊重著她們，所以拒絕了她們。在這種情形下，他自然以聽歌是對於她們的一種侮辱。但他也是想聽歌的，雖然不和我一樣，所以在他的心中，當然也有一番小小的爭鬥；爭鬥的結果，是同情勝了。至於道德律，在他是沒有什麼的；因為他很有蔑視一切的傾向，民衆的力量在他是不大覺著的。這時他的心意的活動比較簡單，又比較鬆弱，故事後還怡然自若；我卻不能了。這裡平伯又比我高了。

在我們談話中間，又來了兩隻歌舫。夥計照前一樣的請我們點戲，我們照前一樣的拒絕了。我受了三次窘，心裡的不安更甚了。清豔的夜景也為之減色，船夫大約因為要趕第二趟生意，催著我們回去；我們無可無不可的答應了。

我們漸漸和那些些暈黃的燈光遠了，只有些月色冷清清的隨著我們的歸舟。我們的船竟沒個伴兒。秦淮河的夜正長哩！到大中橋近處，才遇著一隻來船。這是一隻載妓的板船，黑漆漆的沒有一點光。船頭上坐著一個妓女；暗裡看出，白地小花的衫子，黑的下衣。她手裡拉著胡琴，口裡唱著青衫的調子。她唱得響亮而圓轉；

當她的船箭一般駛過去時，餘音還裊裊的在我們耳際，使我們傾聽而響往。想不到在弩末的遊蹤裡，還能領略到這樣的清歌！這時船過大中橋了，森森的水影，如黑暗張著巨口，要將我們的船吞了下去。我們回顧那渺渺的黃光，不勝依戀之情；我們感到了寂寞了！

這一段地方夜色甚濃，又有兩頭的燈火招邀著；橋外的燈火不用說了，過了橋另有東關頭疏疏的燈火。我們忽然仰頭看見依人的素月，不覺深悔歸來之早了！走過東關頭，有一兩隻大船灣泊著，又有幾隻船向我們來著。囂囂的一陣歌聲人語，彷彿笑我們無伴的孤舟哩。東關頭轉灣，河上的夜色更濃了；臨水的妓樓上，時時從簾縫裡射出一線一線的燈光；彷彿黑暗從酣睡裡眨了一眨眼。我們默然的對著，靜聽那汩——汩的槳聲，幾乎要入睡了；朦朧裡卻溫尋著適才的繁華的餘味。我那不安的心在靜裡愈顯活躍了！這時我們都有了不足之感，而我的更其濃厚。我們卻又不願回去，於是只能由懊悔而悵惘了。船里便滿載著悵惘了。

直到利涉橋下，微微嘈雜的人聲，才使我豁然一驚；那光景卻又不同。右岸的河房裡，都大開了窗戶，裡面亮著晃晃的電燈，電燈的光射到水上，蜿蜒曲折，閃閃不息。正如跳舞著的仙女的臂膊。我們的船已在她的臂膊裡了；如睡在搖籃裡一樣，倦了的我們便又入夢了。那電燈下的人物，只覺像螞蟻一般，更不去縈念。

這是最後的夢；可惜是最短的夢！黑暗重複落在我們面前，我們看見傍岸的空船上一星兩星的，枯燥無力又搖搖不定的燈光。我們的夢醒了，我們知道就要上岸了；我們心裡充滿了幻滅的情思。

民國十二年十月十一日作完於溫州

憶跋

小燕子其實也無所愛，
只有沉浸在朦朧而飄忽的夏夜裡罷了。

——憶第三十五首

人生若眞如一場大夢，這個夢倒也很有趣的。在這個大夢裡，一定還有長長短短，深深淺淺，肥肥瘦瘦，甜甜苦苦，無數無數的小夢。有些已經隨著日影飛去；有些還遠著哩；飛去的夢便是飛去的生命，所以常常留下十二分的惋惜，在人們的心裡。人們往往從「現在的夢」裡走出，追尋舊夢的蹤跡，正如追尋舊日的戀人一樣，他越過了千重山，萬重水，一直的追尋去。這便是「憶的路」。「憶的路」是愈過愈廣闊的，是愈過愈平坦的；曲曲折折的路旁，隱現著幾多的驛站，是行客們休止的地方。最後的驛站，在白板上寫著朱紅的大字：「兒時」。這便是「憶的路」的起點，愈君所徘徊而不忍去的了。

飛去的夢因爲飛去的緣故，一例是甜密但又酸溜溜的。這便合成了別一種滋味，就是所謂惆悵了。而「兒時的夢」和現在差了一世界，那醞釀著的惆悵的味兒，更其肥瘦得可以，直膩得人沒法兒！您想那顆一絲不掛卻又愛著一切的童心，眼見得在那隱約的朝霧裡，憑您怎樣招著您的手兒，總是不回到腔子裡來，這是多麼「缺」呢？於是兪君覺著悶的慌，便老老實實的，像春日輕風在綠樹間微語一般，低低的，密密的伴侶將他的可憶而不可捉的「兒時」訴給您了，他雖然不能長住在那「兒時」裡，但若能多招呼幾個去徘徊幾番，也可略減他的空虛之感，那惆悵的味兒，便不至老在他的舌本上膩著了。這是他的聊以解嘲的法門，我們都多少能默喻的。

在朦朧的他兒時的夢裡，有像紅蠟燭的光一跳一跳的，便是愛。他愛故事講得好的姊妹，他愛唱沙軟而重的眠歌的乳母，他愛流蘇帽兒的她。他也愛翠竹叢裡一叢的金點子和小枕頭邊一雙小紅橘子；也愛紅綠色的蠟淚和爸爸的頂大的斗篷，也愛翦啊，翦啊的燕子，和躲在楊柳裡的月亮……他有著純眞的，爛漫的心；凡和他接觸的，他都與他們諗熟，親密——他一例的擁抱了他們。所以他是自然（人也在內）的眞朋友！

他所愛的還有一件，也得給您提明的，便是黃昏與夜。他說他將像小燕子一樣，沈浸在夏夜夢裡，便是分明的自白。在他的「憶的路」上，在他的「兒時」裡，滿布著黃昏與夜的顏色。夏夜是銀白色的，帶著梔子花兒的香；秋夜是鐵灰色的，有青色的油盞火的微芒；春夜最熱鬧的是上燈節，有各色燈的輝煌，小燭的搖蕩；冬夜是數除夕了，紅的，綠的，淡黃的顏色，便是年的衣裳。在這些夜裡，他那生活的模樣兒啊，短短兒身材，肥肥兒的個兒，甜甜兒的面孔有著淺淺的笑渦，這就是他的夢，也正是多麼可愛的一個孩子！至於那黃昏，都籠罩著銀紅衫兒，流蘇帽花的她的朦朧影，自然也是可愛的——但是，他爲甚麼愛夜呢，聰明的您得問了。我說夜是渾融的，夜是神祕的，夜張開了她無長不長的兩臂，擁抱著所有的所大月大竹日，但您卻瞅不著她的面目，摸不著她的卜巴；這便因可驚而覺著十二分的可愛。堂堂的日子，界畫分明的白日，分割了愛的白日，豈能如她的擊著孩子的心呢？夜之國，夢之國，正是孩子的國呀，正是那時的俞君的國呀！

俞君說他的憶中所有的即使是薄薄的影，只要它們歷歷而可畫，他便搖動了那風魔了的眷念。他說「歷歷而可畫」，原是一句綺語；誰知後來真有爲他「歷歷畫出」的豐君呢？他說「薄薄的影」自是撝謙的語，但這一個「影」字卻是以實道實，確切可靠的。豐君便在影子上著了顏色——若根據俞君的話推演起來，豐君可說是厚其所薄了。影子上著了顏色，確乎格外分明——我們不但能用我們的心眼看見俞君的夢，更能用我們的肉眼看見那些夢，於是更搖動了俞君以外的我們的風魔了的眷念了。而夢的顏色加添了夢的滋味，便是俞君自己，因這一畫啊，只怕也要落到那悶人的，膩膩的惘悵之中而難以自解了，至於我，我呢！在這雙美之前，只能重複我的那句老話：「我的光榮啊，我若有光榮啊！」

我的兒時現在眞只賸了「薄薄的影」。我的「憶的路」幾乎是直如矢的，像被大水洗了一般，寂寞到可驚的程度！這大約因爲我的兒時實在太單調了；沙漠般展伸著，自然沒有我的「依戀」迴翔的餘地了。俞君有他的好時光，而以不能重行占領爲恨；我是並沒有好時光，說不上占領，我的空虛之感是兩重的！但人生畢竟是可以相通的，俞君告訴給我們他的「兒時」，豐君又畫出了它的輪廓，我們深深領受的時候，就當是我們自己所有的好了。「你的就是我的，我的就是你的」，豈止「慰情聊勝無」呢？培根說「讀書使人充實」；在另一意義上，您容我說吧，這本小小的書確已使我充實了！

民國十三年八月十七日　溫州

哀韋杰三君

韋杰三君是一個可愛的人；我第一回見他面時就這樣想。這一天我正坐在房裡，忽然有敲門的聲音；進來的是一位溫雅的少年。我問他「貴姓」的時候，他將他的姓名寫在紙上給我看；說是蘇甲榮先生介紹他來的。

蘇先生是我的同學，他的同鄉，他說前一晚已來找過我了，我不在家；所以這回又特地來的。我們閒談了一會，他說怕耽誤我的時間，就告辭走了。是的，我們只談了一會兒，而且並沒有什麼重要的話；——我現在已全忘記——但我覺得已懂得他了，我相信他是一個可愛的人。

第二回來訪，是在幾天之後。那時新生甄別試驗剛完，他的國文課是被分在錢子泉先生的班上。他來和我說，要轉到我的班上。我和他說，錢先生的學問，是我素來佩服的；在他班上比在我班上一定好。而且已定的局面，因一個人而變動，也不大方便。他應了幾聲，也沒有什麼，就走了。從此他就不曾到我這裡來。

有一回，在三院第一排屋的後門口遇見他，他微笑著向我點頭；他本是捧了書及墨盒去上課的，這時卻站住了向我說：「常想到先生那裡，只是功課太忙了，總想去的。」我說：「你閒時可以到我這裡談談。」我們就點首作別。

三院離我住的古月堂似乎很遠，有時想起來，幾乎和前門一樣。所以半年以來，我只在上課前，下課後幾分鐘裡，偶然遇著他三四次；除上述一次外，都只匆匆地點頭走過，不曾說一句話。但我常是這樣想：他是一個可愛的人。

他的同鄉蘇先生，我還是來京時見過一回，半年來不曾再見。我不曾能和他談韋君；我也不曾和別人談韋君，除了錢子泉先生。錢先生有一日告訴我，說韋君總想轉到我班上；錢先生又說：「他知道不能轉時，也很安心的用功了，筆記做得很詳細的。」我說，自然還是在錢先生班上好。以後這件事還談起一兩次。

直到三月十九日早，有人誤報了韋君的死信；錢先生站在我屋外的臺階上惋惜地說：「他寒假中來和我談。我因他常是憂鬱的樣子，便問他為何這樣；是為了我嗎？他說：『不是，你先生很好的；我是因家境不寬，老是愁煩著。』他說他家裡還有一個年老的父親和未成年的弟弟；他說他弟弟因爲家中無錢已失學了。他又說他歷年在外讀書的錢，一小半是自己休了學去做教員弄來的，一大半是向人告貸來的。他又說，下半年的學費還沒有著落呢。」但他卻不願平白地受人家的錢；我們只看他給大學部學生會起草的請改獎金制爲無貸制與工讀制的信，便知道他年紀雖輕，做人卻有骨氣的。

我最後見他，是在三月十八日早上，天安門下電車時。他照平常一樣，微笑著向我點頭。他的微笑顯他純潔的心，告訴人，他願意親近一切；我是不會忘記的。還有他的靜默，我也不會忘記。

據陳雲豹先生的《行述》，韋君很能說話；但這半年來，我們所見的，卻只有他的靜默而已。他的靜默裡含有憂鬱，悲苦，堅忍，溫雅等等，是最足以引人深長之思和切至之情的。他病中，據陳雲豹君在本校追悼會裡報告，雖也有一時期，很是躁急，但他終於在離開我們之前，寫了那樣平靜的兩句話給校長；他那兩句話包蘊著無窮的悲哀，這是靜默的悲哀！所以我現在又想，他畢竟是一個可愛的人。

三月十八日晚上，我知道他已危險；第二天早上，聽見他死了，嘆息而已！但走去看學生會的布告時，知他還在人世，覺得被鼓勵似的，忙著將這消息告訴別人。有不信時，我立刻舉出學生會布告為證。

我二十日進城，到協和醫院想去看看他；但不知道醫院的規則，去遲了一點鐘，不得進去。我很悵惘地在門外徘徊了一會，試問門役道：「你知道清華學校有一個韋杰三，死了沒有？」他的回答，我原也知道的，是「不知道」三字！

那天傍晚回來；二十一日早上，便得著他死的信息──這回他真死了！他死在二十一日上午一時四十八分，就是二十日的夜裡，我二十日若早去一點鐘，還可見他一面呢。這真是十分遺憾的！二十三日同人及同學入城迎靈，我在城裡十二點才見報，已趕不及了。下午回來，在校門外看見槓房裡的人，知道柩已來了。我到古月堂一問，知道柩安放在舊禮堂裡。我去的時候，正在重殮，韋君已穿好了殮衣在照相了。據說還光著身子照了一張相，是照傷口的。我沒有看見他的傷口；但是這種情景，不看見也罷了。照相畢，入殮，我走到柩旁；韋君的臉已變了樣子，我幾乎不認識了！他的兩顴突出，頰肉癟下，掀辱露齒，那裡還像我初見時的溫雅呢？

這必是他幾日間的痛苦所致的。唉，我們可以想見了！我正在亂想，棺蓋已經蓋上；唉，韋君，這眞是最後一面了！我們從此眞無再見之期了！死生之理，我不能懂得，但不能再見是事實，韋君，我們失掉了你，更將從何處覓你呢？

韋君現在一個人睡在剛秉廟的一間破屋裡，等著他迢迢千里的父老，天氣又這樣壞；韋君，你的魂也彷徨著吧！

民國十五年四月二日

（此文原載在《清華週刊》上，所以用了向清華人說話的語氣。）

好與妙

我們有一個爛熟的，差不多每天不離口的，雅俗共同的批評用語，這就是「好」。這可以用來批評人，批評事，批評地方和景物，批評藝術品和文學作品。「美」和「善」兩個詞兒雖然也常用，可是範圍小得多。「佳」字有時包括「善」和「美」，卻用得少；「優」字等更窄，用得也更少。「好」的反面是「不好」，又叫做「惡」，叫做「醜」，叫做「壞」，叫做「劣」和「歹」；正面卻常只用一個「好」，這「好」字可眞好。跟它似同非同的還有一個「妙」字，也常用，用處也很多，可是雅人和俗人的用法似乎不同，雅人的一套以後詳論，俗人卻只愛說「妙不可言」「莫明其妙」「你這個人眞妙」等等。「妙不可言」雖然肯定著「妙」，「不可言」可漸漸帶上了點兒油腔滑調，所以會變成了「妙不可以醬油」；「醬油」從「鹽」來，而「鹽」是諧「言」的音。「莫名其妙」是說不出那妙處，現在許多人寫成「莫明其妙」，是不懂得那妙處，反正是否定了「妙」。否定了「妙」，自然更不妨油腔滑調，所以會縮短成「莫名其」，也會拉長成「莫名其土地堂」；「土地堂」是「廟」，「廟」諧「妙」的音。「你這個人眞妙！」也只是「莫名其」的意思。說「好」固然也有反話，如「你好！」「好傢伙！」「你做的好事！」之類，可是沒有這種油腔滑調。而「妙」的反面只有「不妙」，再沒有別的詞兒跟「好」字也不相同。這「妙」也眞夠「妙」的。

從歷史上看，「好」字的出現比「妙」字早些。周易中孚九二爻辭說，「我有好手，吾與爾靡之。」「好爵」似乎是好看的酒盃，「靡」作「盡」解，這裡就是共盡這盃酒的意思吧。詩經裡「好」字很多，我只消舉出魏鳳葛屨篇中的「好人」，毛傳解做「好女手之人」，還有小雅大田篇的「既堅既好」，指的是「百穀」，鄭玄箋，「盡堅熟矣，盡齊好矣。」據說文，「好，美也，從『女』『子』」；方言二也說，「凡美色，或謂之好。」淮南子修務篇，「曼頰皓齒，形夸骨佳，不待脂粉芳澤而性可說者，西施陽文也。」高誘註：「曼頰，細理也。

夸，弱也。佳，好也。性，猶姿也。西施陽文，古之好女。」文選亡發和辨命論的註引說文著者許慎的淮南子註，「陽文，楚之好人也」，「好女」和「好人」都以美色爲主。而爾雅釋言說，「稱，好之。」「稱」就是「勻稱」。「好」字的本義正是「勻稱」。他指出詩經兔罝篇「公侯好仇」的「好仇」，太玄經內初一作「嫛執」，據經典釋文，就是「妃仇」，也就是「好仇」；那麼，「好」跟「妃」義同字通。而爾雅釋詁說，「妃，對也」，「妃仇」或「好仇」就是「匹配」或「配對」，「好」和「仇」都是「配」或「對」的意思；「配」或「對」也就是「勻稱」。這裡似乎還可以更進一步，「好」既然從「女」和「子」會意，照宋徐鍇的解釋，「子」是男子的美稱，女和子相配正是一對兒。那麼，「好」的本義也許就是「配」或「對」，而「勻稱」是從「配」或「對」引申出來的。無論如何，知道了「好」原有「勻稱」的解釋，就明白「好爵」指的爵形勻稱，「好女手」指的手指勻稱，「美色」指的顏色和形體的勻稱。「齊好」也是指的穀粒勻稱。這種「好」還只是審美的評語，不是道德的評語。

「妙」字似乎到老子中才見。老子第一章裡說。

『故常無欲以觀其妙，常有欲以觀其徼。此兩者同出而異名，同謂之「玄」。玄之又玄，眾妙之門。』

這一章是論「道」的。王弼註，「妙者，微之極也」。「徼」字據經典釋文有「邊」的解釋，從「有欲」一面看，就有邊兒，就「著邊際」；從「無欲」一面看，是「微之極」，「微之極」可以說是沒有邊兒，也就「不著邊際」。可是「妙」和「徼」是「道」的兩面，本是一物，這個物又叫做「玄」。說文「玄，幽遠也」，就是莊子裡所謂「混沌」，也就是「漆黑一團」。這「漆黑一團」卻是「眾妙之門」；這是「正言若反」，也是莊子裡所謂「無端崖之辭」，就是摸不著頭腦的話。後來「玄妙」變成了一個連語，「玄」就是「妙」，「妙」就是「玄」，連在一起是強調。周易的說卦傳出現得很晚，其中也用了「妙」字：

『神也者，妙萬物而為言者也。』

晉韓康伯註：

『於此言「神」者，明八卦運動，變化推移，莫有使之然者，神則無物，「妙萬物而為言」也。

繫傳上有「陰陽不測之謂神」一句話，韓虔伯註：

『神也者，變化之極，「妙萬物而爲言」，不可以形詰者也。』

康孔穎達正義：

『妙謂微妙也。萬物之體有變象可尋，神則微妙於萬物而爲言也，謂不可尋求也。』

說卦傳以及韓註，孔疏都接受了道家學說的影響，將「神」說成「莫有使之然」，就是自然，又說成「無物」，「不可以形詰」，不可尋求。這個「神」其實就是「道」，也就是「妙」。後來「神妙」也成了一個連語，正是出於自然。

莊子寓言篇說了一個故事：

顏成子游謂東郭子綦曰：

『自語聞子之言，一年而野，二年而從，三年而通，四年而物，五年而來，六年而鬼入，七年而天成，八年而不知死，不知生，九年而大妙。』

晉郭象註：

『妙，善也。善惡同，故無往而不冥。此言久聞道，知天籟之自然，將忽然自忘，則穢累日去，以至於盡耳。』

唐成玄英疏卻說：「妙，精微也」。又說「知照宏博，故稱『大』也。」這個故事更強調了「妙」的出於自然。郭氏用「善」來解「妙」，重在「無往而不冥」，「善惡同」是「忘」了善惡的分別。成氏用「精微」來解「妙」，惟其「知照宏博」，才達到了「精微」的地步。「微妙」也成了一個連話。「妙」與「眇」通，莊子德充符篇有「眇乎小哉」的一句，可見「妙」是含有「小」或「微」的意義的。這個「妙」出於自然，不可測，「不可尋求，不可以形詰」；而「道可道，非常道」，「妙」也是不可道的。可是雖然不可求，卻未嘗不可遇，「九年而大妙」由於「忽然自忘」，「自忘」由於「久聞道」；雖然終於不可道，還得從「可道」的「道」入手。

到這裡爲止，「妙」這一個字還只是道家哲學中的一個意念。道家是逃避現實提倡隱逸的，老子和莊子更用詩來寫他們的哲學；關於老子和莊子生活的傳說，也充滿了詩味或藝術味。老子是一部「精粹而韻致深醇的」哲理詩，的確不錯；莊子也是一部「韻致深醇」的哲理詩，卻以「豐富」見長。那豐富的神話或寓言，那豐富的比喻或辭藻，給了後世文學廣大的影響；特別是那些故事裡表現著的對藝術或技藝的欣賞，以及從那中間提出的「神」的意念，影響後來的文學和藝術，創造和批評都極其重大，比起儒家，道家對於我們的文學和藝術的影響的確廣大些。那「神」的意念和通過了莊子影響的那「妙」的意念，比起「溫柔敦厚」那教條來，應用的地方也許還要多些吧？特別是那「妙」的意念，經過漢代到了晉代漸漸成爲士大夫或雅人一般常用的，主要的審美的評語。漢書賈捐之傳記著楊興向他說：「君房（捐之的號）下筆，言語妙天下，使君房爲尙書令，勝五鹿充宗遠甚」。

這裡「言語妙天下」指的是公文之類，唐顏師古註，「於天下最爲精妙」；「精妙」該是指措詞得體和得當而言，雖然重在實用，同時也是欣賞，「妙」字正用作「下筆」這種技藝的評語。還有，漢書的著者班固作離騷序，評論屈原，以爲「其文弘博麗雅，爲辭賦宗，……雖非明智之器，可謂妙才。」

這「妙才」專一是欣賞辭賦的技藝的話語，從引文可見。還有，世說新語捷悟篇記曹娥碑碑文的評語是「絕妙好辭」。這句話後來成了常用的成語。

劉孝標註引異苑說是蔡邕「讀碑文，以爲詩人之作，無詭妄也」，因而給了這個評語。「絕妙」是強調「好辭」，「好」與「妙」該就指的「無詭妄」，「無詭妄」就是平實而不浮誇；這似乎是針對著「辭人」說的，所以說是「詩人之作」。那麼，這「好」與「妙」是指措詞得體或得當而言了。

同事余冠英先生指出漢人用「奇」字跟後來的「妙」字相當，雖然並非相等。他指出古詩十九首裡「庭中有奇樹，綠葉發華滋」的「奇」字，還有孔雀東南飛裡蘭芝拒絕媒人那一段兒：

阿女含淚答：「蘭芝初還時，
府吏見丁寧，結誓不別離。
今日違情義，恐此事非奇。……」

余先生說聞先生在樂府詩箋裡解釋這個「奇」字為「佳」為「美」；大概「非奇」跟後來的「不妙」差不多。僞古文尚書泰誓下篇說紂王「作奇技淫巧」，「奇」是「異」，是「非常」，是可驚的，也未嘗不是可愛的。「奇」字後「可」字得勢，和古代常用的「嘉」字古音同在「歌」部；「嘉」字兼有「美」和「善」的意義，「奇」字又分得了「嘉」字的意義。

左傳昭公二年韓宣子稱譽的「嘉樹」，楚辭橘頌的「后皇嘉樹」，和「庭中有奇樹」的「奇樹」，意義可以說是相同，雖然指的不同的樹。

還有魏劉邵人物志三流篇說：

思通道化，策謀奇妙，是謂術家，范蠡張良是也。

這「奇妙」顯然欣賞而重實用，余先生指出的那兩個「奇」字也都偏於常識的，現實的。

魏晉以來，老莊之學大盛，特別是莊學；士大夫對於生活和藝術的欣賞與批評也有長足的發展。清談家也就是雅人要求的正是那「妙」。後來又加上佛教哲學，更強調了那「虛無」的風氣。於是乎眾妙層出不窮。在藝術方面，有的謂「妙篇」，「妙詩」，「妙句」，「妙楷」，「妙音」，「妙舞」，「妙味」，以及「筆妙」，「刀妙」等。在自然方面，有所謂「妙風」，「妙雲」，「妙花」，「妙色」，「妙香」等，又有「莊嚴妙土」，指佛寺所在；至於孫綽遊天臺山賦裡說到「運自然之妙有」，更將萬有總歸一「妙」。

在人體方面，也有所謂「妙容」。「妙相」，「妙耳」，「妙趾」等；至於

「妙舌」指的會說話，「妙手空空兒」和「文章本天成，妙手偶得之」（宋陸游詩）的「妙手」，都指的手藝，雖然一個是武的，一個是文的。還有「妙年」，「妙士」，「妙客」，「妙人」，「妙選」，都指人，「妙興」，「妙緒」，「妙語解頤」，也指人。

「妙理」，「妙義」，「妙旨」，「妙用」，指哲學，「妙境」指哲學，又指自然與藝術；哲學得有「妙解」，「妙覺」，「妙悟」；自然與藝術得有「妙賞」，這種種又靠著「妙心」。有了這「妙心」，才可以受用種種妙處，享樂種種妙處，而這「妙心」卻非「有閒」不可。所以只有「雅人」就是士大夫才有「深緻」，只有他們不愁衣食，才能脫離現實去追求那「妙」。可是人們又說「妙算」「妙計」，這卻是前面說過的「奇妙」，指的是技能，跟「奇妙」差不多，與「妙心」是不相干的，「妙用」也可以用作「奇妙的作用」，那也是例外的現實的。

「妙心」的「虛無」為常，為主，只看那些成串的帶「妙」字的形容連語，除了前面特別提出的「玄妙」「神妙」「微妙」之外，還有「高妙」「超妙」等，以及另一面的「精妙」和「奇妙」等，差不多是虛無飄渺，不著邊際的，也就是唯心的，脫離現實的。既然「妙」得如此朦朧，那就難怪反面只能說「不妙」而沒有別的明確的詞兒了。這種妙處出於自然，歸於自然，「不可尋求」，「不可以形詰」。世說新語巧藝篇記著：

顧長康畫人，或數年不點目睛。心人問其故，顧曰，「四體妍蚩，本無關於妙處，傳神寫照正在阿堵中。」

「四體妍蚩，本無關於妙處」，正是「不可以形詰」；但是點睛傳神，還不至於全然摸不著頭腦，還有「可道」的「道」在這兒。後來卻似乎越來越妙了。宋蘇軾與謝民師書論「辭達」說：

夫言止於達意，疑若不文，是大不然。求物之妙，如繫風捕影，能使是物瞭然於心者，蓋千萬人而不一遇也，而況能瞭然於口與手者乎？是之謂「辭達」。辭至於能達，則文不可勝用矣。

「繫風捕影」就比「點睛」難，又不像顏成子游那樣可以分年達成。這顯加上了禪家頓悟說的影響。蘇軾詩中就說：

暫借好詩消永夜，每逢佳處輒參禪；

愁侵硯滴初含凍，喜入燈花欲鬬妍。

這裡的「佳處」就是「妙處」。作者既然需要頓悟，讀者也就需要「參禪」了。「愁侵硯滴」是未悟的時候，「喜入燈花」是頓悟之後。

南宋嚴羽的滄浪詩話更直接的提出了「妙悟」，他說：

大抵禪道惟在妙悟，詩道亦在妙悟。孟襄陽學力下韓退之遠甚，而其詩獨出退之之上者，一味妙悟而已。惟悟乃爲當行，乃爲本色。然悟有淺深，有分限，有透徹之悟有但得一知半解之悟。漢魏尚矣，不假悟也。謝靈運至盛唐諸公，透徹之悟也。他雖有悟者，皆非第一義也。（詩辯）這裡不但用「悟」來做創造和欣賞的手段，並且用來做批評的標準。標準不能不有數量，所以「悟有淺深，有分限」；然而頓悟是無所謂「淺深」「分限」的，嚴氏是回到那「可道」的「道」上去了。他應用他的新標準批評了韓孟兩家的詩，漢魏到盛唐的詩。所謂「一味妙悟」或「透徹之悟」是這樣：

盛唐諸人，惟在興味，羚羊掛角，無跡可求。故其妙處，透徹玲瓏，不可湊拍，如空中之音，相中之色，水中之月，鏡中之象，言有盡而意無窮。（詩

辯）

這與「繫風捕影」異曲同工，眞是「不可尋求」「不可以形詰」了。可是雖然沒有形跡，卻不妨有許多幻影，「如空中之音，相中之色，水中之月，鏡中之象」。這其實還是「可道」的「道」，不過比較更難摸著頭腦罷了。

因爲並不在乎摸著頭腦，所以才有「妙不可言」這句話。莊子外物篇本來已經說了「得意而忘言」，但是「忘言」還不是「不可言」。宋玉登徒子好色賦形容「東家之子」之美，說：東家之子，增之一分則太長，減之一分則太短，著粉則太白，施朱則太赤……

「東家之子」太美了，難以形容恰當，只得這麼加減著寫出她，但是還不到「不可言」的地步。魏晉以來，從莊子裡的「得意忘言」發展了「言不盡意」的理論，但也只是「不盡」而已，也還不到「不可言」的地步。佛經才介紹了「不可說」的話語（如法華經）；「忘言」配上「不可說」，於是禪宗強調著「離言」。「妙不可言」這句話顯然帶了禪味，該出現在禪宗發展以後。我們現在還沒有查明它的來歷，但是至晚北宋已經有了這句話所代表的意念。如王安石在和平甫舟中望九華山詩一首裡說，「變態生倏忽，雖神詎能占。」第二首又說，「變態不可窮，詩者徒呫呫。」似乎就都是「妙不可言」的轉語。「妙不可言」，「妙」在言外，言外的「妙」，只有在「妙解」「妙覺」「妙悟」裡心領神會。這樣領會的「妙境」，又叫做「象外之境」或「象外之妙」。

唐劉禹錫董武陵集序裡說：

詩者，其文章之蘊邪。義得而言喪，故微而難能。境生於象外，故精而寡和。

後來司空圖論詩，更說到「象外之象，景外之景」乃至「韻外之致」「味外之旨」，都可以做「境生於象外」一句話的注腳，不過說得更具體些。所謂「意境」，所謂「境界」，也都是這種「象外之妙」；不提「象外」，也爲的更具體些。但是「境」和「境界」都是借用的佛經裡的名詞，本來就帶著玄味，具體終於還是無體的。司空圖一面說著「象外之象」，一面卻在那著名的二十四詩品的「含蓄」品中留下了「不著一字，盡得風流」的警句，正是這個道理。「不著一字」其實指的是字外，也就是所謂「字裡行間」。

總而言之，這也就是人們常說的「可以意會，不可言傳。」「妙」既然「不可言傳」，就難雅俗共賞；俗人也就是小市民說不出那妙處，這才有了「莫名其妙」那句話。「莫名其妙」直譯口語，該是「沒有人說得出那妙處」；沒有人說得出的妙處，豈不有點兒不妙？小市民或俗人本來享受不著那種妙處，又摸不著頭腦，自然不會對它有多少敬意。因此「妙不可言！」這個讚美的句子就帶上了嘲諷的口氣，至少也帶上了油腔滑調；它是在肯定著「妙」，可也在否定著它。至於「莫明其妙」本來就否定了「妙」，不用說更容易油腔滑調了，摸不著頭腦也眞煩人，近來在一篇宣言裡看到「所以戰爭與和平有相反相成之妙」一個句子，這「妙」字大概是「奇妙」，也例外的現實性的，可是大家恐怕就有些「莫名其妙」吧？

「好」字在這方面卻好得多。作爲欣賞或審美的評語，它指出了「勻稱」。「勻稱」訴諸感覺，多少是有客觀的標準的，憑常識可以辨得出，用不著哲學。一個相貌好的人，至少得五官端正，五官端正不端正是容易看出的。「勻稱」有時候也很複雜，如詩經鄭風清人篇，「左旋右抽，中軍作好」。照鄭玄的箋和孔穎達的疏，這是描寫練習車戰。四匹馬的古車上，左邊的御者在轉動車子，右邊的武士在抽刃擊刺，主將自己站在車中間，這樣表示軍容的好。這好像現在的檢閱，主要在樣子整齊好看，這也正是「匀稱」的動作。當然，「匀稱」不止於好看；如詩經大雅崧高篇，「吉甫作誦，其詩孔碩，其風肆好，以贈申伯」。「其風肆好」該解作「樂調很好」，樂調好就是音律「匀稱」好聽。而「好」字的本義既然是配對兒，就又引申爲愛好和情好。

左傳昭公二十五年有鄭子太叔對晉趙簡子一段話，中間說：

喜生於好，怒生於惡。是故審行信令，禍福賞罰，以制死生。生，好物也；死，惡物也。好物，樂也；惡物，哀也。

說生活是「好物」，而「好物」是快樂的，可以見出「好」的現實性。這代表著一種積極的生活態度；愛好和情好原是積極的。

左傳莊公十二年衛石祁子說，「與惡而棄好，非謀也！」是說不該保護宋國的惡人，傷了兩國的情好。還有「惟口，出好興戒」一句話，雖然見於僞古文尙書，大概原來也是古語，是教執政者小心這張嘴，說它可以發生情好，也可以惹動刀兵。這都是積極的，國與國如此；我們說「相好」「要好」，人與人如此。誰都會問個「好」兒，甚至於現在外國人也會說「頂好！」不是嗎？能夠增進彼此的情好，彼此都有好處；這是普遍的，不論貴賤貧富都如此。因此後來就有了「好心」「好心腸」等等話，也就有了另一意義的「好人」。

這種意義的「好人」，對人好，做好事，給人好處。於是「好」字又成了道德的評語。假如「勻稱」的「好」字相當於「美」字，這「好」字就相當於「善」字。「善」字和「美」字同從「羊」字，意義本來差不多。論述述而篇，「子與人歌而善，必使反之，而後和之。」「反」是覆唱一回。這「善」就是「美」。而「善」字又有「喜愛」「親和」的意思，它早在「好」字之先就成了道德的評語。「善人」的名稱繼承著神道意味的「吉人」而出現在春秋時代，直到現在乞丐嘴裡還叫喊著。乞丐不可喊「好人」，因為「好人」還帶有批評的意味，「善人」或「大善人」現在卻已變成純粹的尊稱了。乞丐可叫喊著「做做好事！」「修修好！」這「好事」跟「修好」自然就是給錢，給飯等等；這些都是布施，而布施又是為了來世的「好」或為了兒孫的「好」，都算是現實性的。

一般說「好處」，大概都是現實性的，並且常是很具體的。說「好人」也如此，「好心得好報」，「好人」該得好報，也是現實性的信念，雖然現實往往與此相反。「好人」有時卻成了「好好先生」，現在人們常說「他是個好人，但是——」加上「但是」這條尾巴，那「好人」就成爲老實而無用的可憐人了。「好人難做」眞是的。然而這種「好人」至少心平氣和脾氣好，才是眞的。這種「好」和前面提到用作反話的那些「好」，可都有一層好處，就是嚴肅而不帶油腔滑調，因爲「好」字究竟是道德的評語，跟「妙」字只是審美的評語不一樣。這兼有「美」和「善」的意義的「好」字，又相當於「嘉」字。「嘉」和「善」同從「壴」，「壴」是采器懸在架子上，表示快樂的意思，前面已經提過了。「嘉」字見於古書裡很多，古人老用「嘉」字，好像我們老用「好」字；「好」字似乎是繼承了「嘉」字的地位。但是「好」原是「勻稱」，比「嘉」字本義只是快樂和增加（「嘉」一作「恕」）的似乎更見明確些。

從別一面看，「好」字本來是審美的評語，在「妙」字成爲審美的評語而流行之後，也接受了「妙」字的影響而分擔了它的涵義，於是乎「好」有時候其實就是「妙」。如所謂「初寫黃庭，恰到好處」的「好處」，其實是「妙處」，因爲「恰到」是不多不少，不是可以比較的數量而絕對的一點兒。而「好」既是「勻稱」，多少總有些數量的分限的，就是用作道德的評語的時候，也含有「公平」「平和」等意思，這些話語也多少帶著數量性的。又如唐皮日休的明月灣詩結尾說：

對此老與死，不知憂與患。
好境無處住，好處無境刪；
赧然不自適，脈脈當湖山。

上文說：「試問最幽處？號爲明月灣。」這裡「好境」就是「最幽處」，「幽」就是「玄」，也就是「妙」，「好境」就是「妙境」。這樣的「妙境」裡，可惜無處居住；而一般所謂「好處」，就是好地方，好城市，好家屋等，又沒有這樣「妙境」，實在算不得「好」——其實該是算不得「妙」。詩裡的「好處」原來指的好地方，好城市，好家屋等，好看，好住，可是算不得「妙」；算不得「妙」，那「好」就減少了，不夠「好」了。於是那「好處」的「好」字就加上了「妙」的意思。此外如「風光好」，「風味好」，晉桓溫問孟嘉的「酒有何好。」唐段成式的「閒中好，塵務不縈心」，宋張炎的「潤色茶經，評量山水，如此閒方好」等等的「好」，顯然都是「有閒」的「妙」的別名。

但是「好」究竟是「好」，與「妙」不同。「好」字作為形容單詞的多，與別的字合成形容連語的少。「美好」「姣好」「姸好」「佳好」等，加上近代新造的「良好」，寥寥可數。也許因爲「好」比較的具體，比較的個邊兒，所以不像「妙」那樣容易連上別的詞兒吧？「好」比較的偏重有用，這也是它的一個邊兒。人們說「好本事」「好工夫」「好針線」「好手藝」，大概都指的實用的技能，又如「好身手」，指的「朔方健兒」的善戰（杜甫詩），至於「好手」，更代表著某種技能的整個兒的人。這些「好」也都含著整齊勻稱的意思。

還有宋孝宗說洪邁的容齋隨筆「煞有好議論」，是稱讚議論或批評的正確，這種「好」有「公平」的意思。又如「好話」，可以是有益或有用的話，也可以是讚美的話和客氣話；而這讚美和客氣是處世的技能，這「好」爲還是有用的。還有「好好兒的」，指的是「平和」的情狀。這些「好」兼有「愛好」「情好」「平和」以及「勻稱」等意思，可以說是多義的。「整齊」「勻稱」的「好」也就是所謂「工」或「巧」。

說文：「工，巧飾也，家人有規矩也。」又「巧，技也」從工，丂聲。「工」和「巧」原是同義詞，所以考工記說：「知者創物，巧者述之，守之，世謂之工。」「工」主要的「有規矩」，還得有工具；論言詞衛靈公篇孔子說：「工欲善其事，必先利其器」，「器」正指工具而言。

「工」和「巧」都得造作，都帶做作的意味，所以孔子痛惡「巧言」。造作得配合實用，超過實際需要的造作是「淫巧」，儒家是反對的。道家主自然，根本反對造作或做作，所以老子裡主張「絕巧棄利」。然而後來「巧」字卻跟「妙」字聯合起來成爲「巧妙」，並且也成了一個爛熟的雅俗共用的批評的連語，用在技能和藝術上，這「妙」字卻又是那初義的「奇妙」跟「妙算」「妙計」，還有「工夫妙」等的「妙」字是一類。「工」「巧」和技能的「妙」或「好」是可以學而能的，是「可道」的「道」，靠著感覺靠著常識可以漸漸達成。所以「好」又有「容易」的意思。

我們說「好看」「好聽」「好吃」「好喝」「好穿」「好住」「好玩兒」「好讀」「好寫」「好辦」「好商量」，從「好看」到「好玩兒」，一方面是「看起來好」「玩起來好」等等，一方面也是「看起來容易」「玩起來容易」等等；「好讀」「好寫」「好辦」「好商量」卻只是「容易讀」「容易寫」「容易辦」「容易商量」。又有「好說」，一面固然是「容易說」，一面卻是「說得太好」，教人不敢當。——這麼將「好」字說得重些，是一句客氣話。

可是不能說得太重，太重就成了反話了。還有「好意思」和「不好意思」兩個話語，如「你好意思要他還你的錢。」回答可以是「我好意思」或是「真不好意思的。」「不好意思」就是「難為情」，那「好意思！」的答話是「不難為情！」「那」好意思的？問話是「不難為情嗎？」那麼，這「好」字也還是「容易」，不過是用在處世的技能上罷了。

總結起來，稱得「好」的是有規矩，又容易，又現實而積極，還可以有用，並且公道，就無怪乎不分貴賤貧富大家都樂意老用著這個詞兒了。至於那些「妙」字，到了現在的知識階級，混合著雅俗的一大群人的，卻已經不常用的；那些「妙處」可還多多少少的存在他們的心裡，他們多多少少將這「妙處」歐化，換上了「直覺」「神祕性」等等新名字。譯名的「微妙」到常用，卻只用在實際事務上。

還有也是一個譯名的「妙」字，用來形容美國電影女明星的，也流行過一個時期。那其實近乎「風騷」，未免有點兒油腔滑調了。

你、我

現在受過新式教育的人，見了無論生熟朋友，往往喜歡你我相稱。這不是舊來的習慣而是外國語與翻譯品的影響。這風氣並未十分通行；一般社會還不願意採納這種辦法——所謂「粗人」一向你呀我的，卻當別論。

有一位中等學校校長告訴人，一個舊學生去看他，左一個「你」，右一個「你」，彷彿用指頭點著他鼻子，眞有些受不了。在他想，只有長輩該稱他「你」，只有太太和老朋友配稱他「你」。夠不上這個份兒，也來「你」呀「你」的，倒像對當差老媽子說話一般，豈不可惱！可不是，從前小說裡「弟兄相呼，你我相稱」，也得夠上那份兒交情才成。而俗語說的「你我不錯」，「你我還這樣那樣」，也是託熟的口氣，指出彼此的依賴與信任。

同輩你我相稱，言下只有你我兩個，旁若無人；雖然十目所視，十手所指，視他們的，指他們的，管不著。楊震在你我相對的時候，會想到你我之外的「天知地知」，眞是一個玄遠的託辭，虧他想得出。常人說話稱你我，卻只是你說給我，我說給你；別人聽見也罷，不聽見也罷，反正說話的一點兒沒有想著他們那些不相干的。自然也有時候「取瑟而歌」，也有時候「指桑罵槐」，但那是話外的話或話裡的話，論口氣卻只對著那一個「你」。這麼著，一說你我，你我便從一群人裡除外，單獨地相對看。離群是可怕又可憐的，只要想想大野裡的獨行，黑夜裡的獨處就明白。你我既其心離群，彼此便非難解難分不可；否則豈不要吃虧？難解難分就是親暱；骨肉是親暱，結交也是個親暱，所以說只有長輩該稱「你」，只有太太和老朋友配稱「你」。你我相稱者，你我相親而已。

然而我們對家裡聽差老媽子也稱「你」，對街上的洋車夫也稱「你」，卻不是一個味兒。古來以「爾」「汝」爲輕賤之稱，就指的這一類。但輕賤與親暱有時候也難分，譬如叫孩子爲「狗兒」，叫情人爲「心肝」，明明將人比物，卻正是親暱之至。而長輩稱晚輩爲「你」，也夾雜著這兩種味道——那些親誼疏遠的稱

「你」，有時候簡直毫無親暱的意思，只顯得輩分高罷了。大概輕賤與親暱有一點相同；就是，都可以隨隨便便，甚至於動手動腳。

生人相見不稱「你」。通稱是「先生」，有帶姓不帶姓之分；不帶姓好像來者是自己老師，特別客氣，用得少些。北平人稱「某爺」，「某幾爺」，如「馮爺」，「吳二爺」，也是通稱，可比「某先生」親暱些。但不能單稱「爺」，與「先生」不同。「先生」原是老師，「爺」卻是父親；尊人為師猶之可，尊人為父未免吃虧太甚。（聽說前清的太監有稱人為「爺」的時候，那是刑餘之人，只算例外。）至於「老爺」，多一個「老」字，就不會與父親相混，所以僕役用以單稱他的主人，舊式太太用以單稱她的丈夫。女的通稱「小姐」，「太太」，「師母」，卻都帶姓；「太太」，「師母」更其如此。因為單稱「太太」，自己似乎就是老爺，單稱「師母」，自己似乎就是門生，所以非帶姓不可。「太太」是北方的通稱，南方人卻嫌官僚氣；「師母」是南方的通稱，北方人卻嫌頭巾氣。女人麻煩多，真是無法奈何。比「先生」親近些是「某某先生」，「某某兄」，「某某」是號或名字；稱「兄」取其彷彿一家人。再進一步就以號相稱，同時也可稱「你」。

在正式的聚會裡，有時候得稱職銜，如「張部長」，「王經理」；也可以不帶姓，和「先生」一樣；偶爾還得加上一個「貴」字，如「貴公使」。下屬對上司也得稱職銜。但像科員等小腳色卻不便稱銜，只好屈居在「先生」一輩裡。

僕役對主人稱「老爺」，「太太」，或「先生」，「師母」；與同輩分別的，一律不帶姓。他們在同一時期內大概只有一個老爺，太太，或先生，師母，是他們衣食的靠山；不帶姓正所以表示只有這一對兒才是他們的主人。對於主人的客，卻得一律帶姓；即便主人的本家，也得帶上號碼兒，如「三老爺」，「五太太」——大家庭用的人或兩家合用的人例外。「先生」本可不帶姓，「老爺」本是下對上的稱呼，也常不帶姓；女僕稱「老爺」，雖和舊式太太稱丈夫一樣，但身分聲調既然各別，也就不要緊。僕役稱「師母」，絕無門生之嫌，不怕尊敬過分；女僕稱「太太」，毫無疑義，男僕稱「太太」，與女僕稱「老爺」同例。晚輩稱長輩，有「爸爸」，「媽媽」，「伯伯」，「叔叔」等稱。自家人和近親不帶姓，但有時候帶號碼兒；遠親和父親，母執，都帶姓；乾親帶「乾」字，如「乾娘」；父親的盟兄弟，母親的盟姊妹，有些人也以自家人論。

這種種稱呼，按劉半農先生說，是「名詞替代詞」，但也可說是他稱替代對稱。不稱「你」而稱「某先生」，是將分明對面的你變成一個別人；於是乎對你說的話，都不過是關於「他」的。這麼看，你我間就有了適當的距離，彼此好提防著；生人間說話提防著些，沒有錯兒。再則一般人都可以稱你「某先生」，我也跟著稱「某先生」，正見得和他們一塊兒，並沒有單獨挨近你身邊去。所以「某先生」一來，就對面無你，旁邊有人。

這種替代法的效用，因所代的他稱廣狹而轉移。譬如「某先生」，誰對誰都可稱，用以代「你」，是十分「敬而遠之」；又如「某部長」，只是僚屬同官與長官之稱，「老爺」只是僕役對主人之稱，敬意過於前者，遠意卻不及；至於「爸爸」「媽媽」，只是弟兄姊妹對父母的稱，不像前幾個名字可以移用在別人身上，所以雖不用「你」，還覺得親暱，但敬遠的意味總免不了有一些；在老人家前頭要像在太太或老朋友前頭那麼自由自在，到底是辦不到的。

北方話裡有個「您」字，是「你」的尊稱，不論親疏貴賤全可用，方便之至。這個字比那拐彎抹角的替代法乾脆多了，只是南方人聽不進去，他們覺得和「你」

也差不多少。這個字本是閉口音，指衆數；「你們」兩字就從此出。南方人多用「你們」代「您」。用衆數表尊稱，原是語言常例。指的既非一個，你旁邊便彷彿還有些別人和你親近的，與說話的相對著；說話的天然不敢侵犯你，也不敢妄想親近你。這也還是個「敬而遠之」。湖北人尊稱人爲「你家」，「家」字也表衆數，如「人家」「大家」可見。

此外還有個方便的法子，就是利用呼位，將他稱與對稱拉在一塊兒。說話的時候先叫聲「某先生」或別的，接著再說「你怎樣怎樣」；這麼著好像「你」字兒都是對你以外的「某先生」說的，你自己就不會覺得唐突了。這個辦法上下一律通行。

在上海，有些不三不四的人問路，常叫一聲「朋友」，再說「你」；北平老媽子彼此說話，也常叫聲「某姐」，再「你」下去——她們覺得這麼稱呼倒比說「您」親暱些。但若說「這是兄弟你的事」，「這是他爸爸你的責任」，「兄弟」「你」，「他爸爸」「你」簡直連成一串兒，與用呼位的大不一樣。這種口氣只能用於親近的人。第一例的他稱意在加重全句的力量，表示雖與你親如弟兄，這件事卻得你自己辦，不能推給別人。第二例因「他」而及「你」，用他稱意在提醒你的身分，也是加重那個句子；好像說你我雖親近，這件事卻該由做他爸爸的你，而不由做自己的朋友的你負責任，所以也不能推給別人。

又有對稱在前他在後的；但除了「你先生」，「你老兄」還有敬遠之意以外，別的如「你太太」，「你小姐」，「你張三」，「你這個人」，「你這傢伙」，「你這位先生」，「你這該死的」，「你這沒有良心的東西」，卻都是些親口埋怨或破口大罵的話。「你先生」，「你老兄」的「你」不重讀，別的「你」都是重讀的。「你張三」直呼姓名，好像聽話的是個遠哉遙遙的生人，因為只有毫無關係的人，才能直呼姓名；可是加上「你」字，卻變了親暱與輕賤兩可之間。近指形容詞「這」，加上量詞「個」成為「這個」，都兼指人與物；說「這個人」和說「這個碟子」，一樣地帶些無視的神氣的指點著。加上「該死的」，「沒良心的」，「傢伙」，「東西」，無視的神氣更足。只有「你這位先生」稍稍客氣些；不但因為那「先生」，並且因為那量詞「位」字。「位」指「地位」，用以稱人，指那有某種地位的，就與常人有別。至於「你老」，「你老人家」，「老人家」是衆數，

「老」是敬辭——老人常受人尊重。但「你老」用得少些。

最後還有省去對稱的辦法，卻並不如文法書裡所說，只限於祈使語氣，也不限於上輩對下輩的問語或答語，或熟人間偶然的問答語：如「去嗎」，「不去」之類。有人曾遇見一位頗有名望的省議會議長，隨意談大兒。

那議長的說話老是這樣的：

去過北平嗎？

在哪兒住？

覺得北平怎麼樣？

幾時回來的？

始終沒有用一個對稱，也沒有用一個呼位的他稱，彷彿說到個不知是誰的人。那聽話的覺得自己沒有了，只看見儼然的議長。可是偶然要敷衍一兩句話，而忘了對面人的姓，單稱「先生」又覺不值得的時候，這麼辦卻也可以救眼前之急。

生人相見也不多稱「我」。但是單稱「我」只不過傲慢，彷彿有點兒瞧不起人，卻沒有那過分親暱的味兒，與稱你我的時候不一樣。所以自稱比對稱麻煩少些。若是不隨便稱「你」，「我」字盡可麻麻糊糊通用；不過要留心聲調與姿態，別顯出拍胸脯指鼻尖的神兒。若是還要謹慎些，在北方可以說「咱」，說「俺」，在南方可以說「我們」；「咱」和「俺」原來也都是閉口音，與「我們」同是衆數。

自稱用衆數，表示聽話的也在內，「我」說話，像是你和我或你我他聯合宣言；這樣著，我的責任就有人分擔，誰也不能說我自以爲是了。也有說「自己」的，如「只怪自己不好」，「自己沒有主意，怨誰！」但同樣的句子，用來指你我也成。

至於說「我自己」，那卻是加重的語氣，與這個不同。又有說「某人」，「某某人」的；如張三說，「他們老疑心這是某人做的，其實我一點也不知道。」這個「某人」就是張三，但得隨手用「我」字點明。若說「張某人豈是那樣的人！」卻容易明白。又有說「人」，「別人」，「人家」，「別人家」的；如，「這可叫人怎麼辦？」「也不管人家死活。」指你我也成。這些都是用他稱（單數與衆數）替代自稱，將自己說成別人；但都不是明確的替代，要靠上下文，加上聲調姿態，才能顯出作用，不像替代對稱那樣。而其中如「自己」，「某人」，能替代我的時候不多，可見自稱在我的關係多，在人的關係少，老老實實用我字也無妨；所以歷來並不十分費心思去找替代的名詞。

演說稱「兄弟」，「鄙人」，「個人」或自己名字，會議稱「本席」，也是他稱替代自稱，卻一聽就明白。因爲這幾個名詞，除「兄弟」代「我」，平常談話裡還偶然用得著之外，別的差不多都已成了向公衆演說專用的自稱。「兄弟」，「鄙人」全是謙詞，「兄弟」親暱些；「個人」就是「自己」；稱名字不帶姓，好像對尊長說話。——稱名字的還有僕役與幼兒。僕役稱名字兼帶姓，如「張順不敢」。幼兒自稱乳名，卻因爲自我觀念還未十分發達，聽見人家稱自己乳名，也就如法炮製，可教大人聽著樂，爲的是「像煞有介事」。

——「本席」指「本席的人」，原來也該是謙稱；但以此自稱的人往往有一種訑訑然的聲調姿態，所以反覺得傲慢了。這大約是「本」字作怪，從「本總司令」到「本縣長」，雖也是以他稱替代自稱，可都是告誡下屬的口氣，意在顯出自己的身分，讓他們知所敬畏。這種自稱用的機會卻不多。對同輩也偶然有要自稱職銜的時候，可不用「本」字而用「敝」字。但「司令」可「敝」，「縣長」可「敝」，「人」卻「敝」不得；「敝人」是涼薄之人，自己罵得未免太苦了些。同輩間也可用「本」字，是在開玩笑的當兒，如「本科員」，「本書記」，「本教員」，取其氣昂昂的，有俯視一切的樣子。

他稱比「我」更顯得傲慢的還有：「老子」，「咱老子」，「大爺我」，「我某幾爺」，「我某某某」。老子本非同輩相稱之詞，雖然加上衆數的「咱」，似乎只是壯聲威，並不爲的分責任。「大爺」，「某幾爺」也都是尊稱，加在「我」上，是增加「我」的氣燄的。對同輩自稱姓名，表示自己完全是個無關係的陌生人；本不如此，偏取了如此態度，將聽話的遠遠地推開去，再加上「我」，更是神氣。這些「我」字都是重讀的。

但除了「我某某某」，那幾個別的稱呼大概是丘八流氓用得多。他稱也有比「我」顯得親暱的。如對兒女自稱「爸爸」，「媽」，說「爸爸疼你」，「媽在這兒，別害怕」。對他們稱「我」的太多了，對他們稱「爸爸」，「媽」的卻只有兩個人，他們最親暱的兩個人。所以他們聽起來，「爸爸」，「媽」比「我」鮮明得多。幼兒更是這樣；他們既然還不甚懂得什麼是「我」，用「爸爸」，「媽」就更要鮮明些。聽了這兩個名字，不用捉摸，立刻知道是誰而得著安慰；特別在他們正專心一件事或者快要睡覺的時候。若加上「你」，說「你爸爸」「你媽」，沒有「我」，只有「你的」，讓大些的孩子聽了，親暱的意味更多。

對同輩自稱「老某」，如「老張」，或「兄弟我」，如「交給兄弟我辦吧，沒錯兒」，也是親暱的口氣。「老某」本是稱人之詞。單稱姓，表示彼此非常之熟，一提到姓就會想起你，再不用別的；同姓的雖然無數，而提到這一姓，卻偏偏只想起你。「老」字本是敬辭，但平常說笑慣了的人，忽然敬他一下，只是驚他以取樂罷了；姓上加「老」字，原來怕不過是個玩笑，正如「你老先生」，「你老人家」有時候用作滑稽的敬語一樣。日子久了，不覺得，反變成「熟得很」的意思。於是自稱「老張」，就是「你熟得很的張」，不用說，頂親暱的。「我」在「兄弟」之下，指的是做兄弟的「我」，多少免不了自負的味兒。這個「我」字也是重讀的。用「兄弟我」的也以江湖氣的人爲多。自稱常可省去；或因敘述的方便，或因答語的方便，或因避免那傲慢的字。

「他」字也須因人而施，不能隨便用。先得看「他」在不在旁邊兒。還得看「他」與說話的和聽話的關係如何——是長輩，同輩，晚輩，還是不相干的，不相識的？北平有個「怹」字，用以指在旁邊的別人與不在旁邊的尊長；別人既在旁邊聽著，用個敬詞，自然合式些。這個字本來也是閉口音，與「您」字同是衆數，是「他們」所從出。可是不常聽見人說；常說的還是「某先生」。

也有稱職銜，行業，身分，行次，姓名號的。「他」和「你」「我」情形不同，在旁邊的還可指認，不在旁邊的必得有個前詞才明白。前詞也不外乎這五樣兒。職銜如「部長」，「經理」。行業如店主叫「掌櫃的」，手藝人叫「某師傅」，是通稱；做衣服的叫「裁縫」，做飯的叫「廚子」，是特稱。身分如妻稱夫爲「六斤的爸爸」，洋車夫稱坐車人爲「坐兒」，主人稱女僕爲「張媽」，「李嫂」——「媽」，「嫂」，「師傅」都是尊長之稱，卻用於既非尊長，又非同輩的人。也許稱「張媽」是借用自己孩子們的口氣，「師傅」是借用他徒弟的口氣，只有「嫂」才是自己的口氣，用意都是要親暱些。

借用別人口氣表示親暱的，如媳婦跟著她孩子稱婆婆爲「奶奶」，自己矮下一輩兒；又如跟著熟朋友用同樣的稱呼稱他親戚，如「舅母」，「外婆」等，自己走近一步兒；只有「爸爸」，「媽」，假借得極少。對於地位同的既可如此假借，對於地位低的當然更可隨便些；反正誰也明白，這些不過說得好聽罷了。——行次如稱朋友或兒女用「老大」，「老二」：稱男僕也常用「張三」，「李四」。稱號在親子間，夫婦間，朋友間最多。近親與師長也常這麼稱。稱姓名往往是不相干的人。

有一回政府不讓報上直稱當局姓名，說應該稱銜帶姓，想來就是恨這個不相干的勁兒。又有指點似地說「這個人」「那個人」的，本是疏遠或輕賤之稱。可是有時候不願，不便，或不好意思說出一個人的身分或姓名，也用「那個人」；這裡頭卻有很親暱的，如要好的男人或女人，都可稱「那個人」。至於「這東西」，「這傢伙」，「那小子」，是更進一步；愛憎同辭，只看怎麼說出。又有用泛稱的，如「別怪人」，「別怪人家」，「一個人別太不知足」，「人到底是人」。但既是泛稱，指你我也未嘗不可。又有用虛稱的，如「他說某人不好，某人不好。」；「某人」雖確有其人，卻不定是誰，而兩個「某人」所指也非一人。還有「有人」就是

「或人」。用這個稱呼有四種意思：一是不知其人，如「聽說有人譯這本書」。二是知其人而不願明言，如「有人說怎樣怎樣」，這個人許是個大人物，自己不願舉出他的名字，以免矜誇之嫌。這個人許是個不甚知名的腳色，提起來聽話的未必知道，樂得不提省事。又如「有人說你的閒話」，卻大大不同。三是知其人而不屑明言，如「有人在一家報紙上罵我」。四是其人或他的關係人就在一旁，故意「使子聞之」；如「有人不樂意，我知道。」「我知道，有人恨我，我不怕。」——這麼著簡直是挑戰的態度了。又有前詞與「他」字連文的，如「你爸爸他辛苦了一輩子，眞是何苦來？」是加重的語氣。

親近的及不在旁邊的人才用「他」字；但這個字可帶有指點的神兒，彷彿說到的就在眼前一樣。自然有些古怪，在跟前的盡管用「他」或別的向遠處推；不在的卻又向近處拉。其實推是爲說到的人聽著痛快；他既在一旁，聽話的當然看得親切，口頭上雖向遠處推無妨。拉卻是爲聽話人聽著親切，讓他聽而如見。

因此「他」字雖指你我以外的別人，也有親暱與輕賤兩種情調，並不含含糊糊地「等量齊觀」。最親暱的「他」，用不著前詞；如流行甚廣的「看見她」歌謠裡的「她」字——一個多情多義的「她」字。這還是在眼前的。新婚少婦談到不在眼前的丈夫，也往往沒頭沒腦地說「他如何如何」，一面還紅著臉兒。但如「管他，你走你的好了。」「他——他只比死人多口氣」，就是輕賤的「他」了。不過這種輕賤的神兒若他不在一旁卻只能從上下文看出；不像說「你」的時候永遠可以從聽話的一邊直接看出。

「他」字除人以外，也能用在別的生物及無生物身上；但只在孩子們的話裡如此。指貓指狗用「他」是常事；指桌椅指樹木也有用「他」的時候，譬如孩子讓椅子絆了一跤，哇的哭了；大人可以將椅子打一下，說「別哭。是他不好。我打他。」孩子真會相信，回嗔作喜，甚至於也捏著小拳頭幫著捶兩下。孩子想著什麼都是活的，所以隨隨便便地「他」呀「他」的，大人可就不成。大人說「他」，十回九回指人；別的只稱名字，或說「這個」，「那個」，「這東西」，「這件事」，「那種道理」。

但也有例外，像「聽他去吧」，「管他成不成，我就是這麼辦」。這種「他」有時候指事不指人。還有個「彼」字，口語裡已廢而不用，除了說「不分彼此」，

「彼此都是一樣」。這個「彼」字不是「他」而是與「這個」相對的「那個」，已經在「人稱」之外。「他」字不能省略，一省就與你我相混；只除了在直截的答語裡。

代詞的三稱都可用名詞替代，三稱的單數都可用衆數替代，作用是「敬而遠之」。但三稱還可互代；如「大難臨頭，不分你我」，「他們你看我，我看你，一句話不說」，「你」「我」就是「彼」「此」。又如「此公人棄我取」，「我」是「自己」。又如論別人，「其實你去不去與人無干，我們只是盡朋友之道罷了。」「你」實指「他」而言。因爲要說得活靈活現，才將三人間變爲二人間，讓聽話的更覺得親切些。意思既指別人，所以直呼「你」「我」，無需避忌。這都以自稱對稱替代他稱。又如自己責備自己說：「咳，你眞糊塗！」這是化一身爲兩人。

又如批評別人，「憑你說乾了嘴唇皮，他聽你一句才怪！」「你」就是「我」，是讓你設身處地替自己想。又如，「你只管不動聲色地幹下去，他們知道我怎麼辦？」「我」就是「你」；是自己設身處地替對面人想。這都是著急的口氣；我的事要你設想，讓你同情我；你的事我代設想，讓你親信我。可不一定親暱，只在說話當時見得彼此十二分關切就是了。只有「他」字，卻不能替代「你」「我」，因爲那麼著反把話說遠了。

衆數指的是一人與一人，一人與衆人，或衆人與衆人，彼此間距離本遠，避忌較少。但是也有分別；名詞替代，還用得著。如「各位」，「諸位」，「諸位先生」，都是「你們」的敬詞；「各位」是逐指，雖非衆數而作用相同。代詞名詞連文，也用得著。如「你們這些人」，「你們這些東西」，輕重不一樣，卻都是責備的口吻。又如發牢騷的時候不說「我們」而說「這些人」，「我們這些人」，表示多多少少，是與衆不同的人。但替代「我們」的名詞似乎沒有。又如不說「他們」而說「人家」，「那些位」，「這班東西」，「那班東西」，或「他們這些人」。三稱衆數的對峙，不像單數那樣明白的鼎足而三。「我們」，「你們」，「他們」相對的時候並不多；說「我們」，常只與「你們」，「他們」二者之一相對著。這兒的「你們」包括「他們」，「他們」也包括「你們」；所以說「我們」的時候，實在只有兩邊兒。

所謂「你們」，有時候不必全都對面，只是與對面的在某些點上相似的人；所謂「我們」，也不一定全在身旁，只是與說話的在某些點上相似的人。所以「你們」，「我們」之中，都有「他們」在內。「他們」之近於「你們」的，就收編在「你們」裡；「他們」之近於「我們」的，就收編在「我們」裡；於是「他們」就沒有了。「我們」與「你們」也有相似的時候，「我們」可以包括「你們」，「你們」就沒有了；只賸下「他們」和「我們」相對著。

演說的時候，對聽衆可以說「你們」，也可以說「我們」。說「你們」顯得自己高出他們之上，在教訓著；說「我們」，自己就只在他們之中，在彼此勉勵著。聽衆無疑地是願意聽「我們」的。只有「我們」，永遠存在，不會讓人家收編了去；因爲沒有「我們」，就沒有了說話的人。「我們」包羅最廣，可以指全人類，而與一切生物無生物對峙著。「你們」，「他們」都只能指人類的一部分；而「他們」除了特別情形，只能指不在眼前的人，所以更狹窄些。

北平自稱的衆數有「咱們」，「我們」兩個。第一個發見這兩個自稱的分別是趙元任先生。他在《阿麗思漫遊奇境記》的凡例裡說：

「咱們」是對他們說的，聽話的人也在內的。

「我們」是對你們或他們說的，聽話的人不在內的。

趙先生的意思也許說，「我們」是對你們或（你們和）他們說的。這麼著「咱們」就收編了「你們」，「我們」就收編了「他們」——不能收編的時候，「我們」就與「你們」，「他們」成鼎足之勢。這個分別並非必需，但有了也好玩兒；因爲說「咱們」親暱些，說「我們」疏遠些，又多一個花樣。北平還有個「倆」字，只能兩個，「咱們倆」，「你們倆」，「他們倆」，無非顯得兩個人更親暱些；不帶「們」字也成。還有「大家」是同輩相稱或上稱下之詞，可用在「我們」，「你們」，「他們」之下。

單用是所有相關的人都在內；加「我們」拉得近些，加「你們」推得遠些，加「他們」更遠些。至於「諸位大家」，當然是個笑話。

代詞三稱的領位，也不能隨隨便便的。生人間還是得用替代，如稱自己丈夫爲「我們老爺」，稱朋友夫人爲「你們太太」，稱別人父親爲「某先生的父親」。但向來還有一種簡便的尊稱與謙稱，如「令尊」，「令堂」，「尊夫人」，「令弟」，「令郎」，以及「家父」，「家母」，「內人」，「舍弟」，「小兒」等等。「令」字用得最廣，不拘那一輩兒都加得上，「尊」字太重，用處就少；「家」字只用於長輩同輩，「舍」字，「小」字只用於晚輩。熟人也有通稱而省去領位的，如自稱父母爲「老人家」——長輩對晚輩說他父母，也這麼稱——稱朋友家裡人爲「老太爺」，「老太太」，「太太」，「少爺」，「小姐」；可是沒有稱人家丈夫爲「老爺」或「先生」的，只能稱「某先生」，「你們先生」。此外有稱「老伯」，「伯母」，「尊夫人」的，爲的親暱些；所省去的卻非「你的」而是「我的」。更熟的人可稱「我父親」，「我弟弟」，「你學生」，「你姑娘」，卻並不大用「的」字。

「我的」往往只用於呼位，如「我的媽呀！」「我的兒呀！」「我的天呀！」被領位若不是人而是事物，卻可隨便些。「的」字還用於獨用的領位，如「你的就是我的」，「去他的」。領位有了「的」字，顯得特別親暱似的。也許「的」字是齊齒音，聽了覺得挨擠著，緊縮著，才有此感。平常領位，所領的若是人，而也用「的」字，就好像有些過火；「我的朋友」差不多成了一句嘲諷的話，一半怕就是爲了那個「的」字。衆數的領位也少用「的」字。其實眞正衆數的領位用的機會也少；用的大多是春代單數的。

「我家」，「你家」，「他家」有時候也可當衆數的領位用，如「你家孩子眞懂事」，「你家廚子走了」，「我家運氣不好」。北平還有一種特別稱呼，也是關於自稱領位的。譬如女的向人說：「你兄弟這樣長那樣短。」「你兄弟」卻是她丈夫；男的向人說，「你姪兒這種短，那樣長。」「你姪兒」卻是他兒子。這也算對稱替代自稱，可是大規模的；用意可以說是「敬而近之」。因爲「近」，才直稱「你」。被領位若是事物，領位除可用替代外，也有用「尊」字的，如「尊行」（行次），「尊寓」，但少極；帶滑稽味而上「尊」號的卻多，如「尊口」，「尊鬚」，「尊靴」，「尊帽」等等。

外國的影響引我們抄近路，只用「你」，「我」，「他」，「我們」，「你們」，「他們」，倒也是乾脆的辦法；好在聲調姿態變化是無邊的。「他」分爲三，在紙上也還有用，口頭上卻用不著；讀「她」爲「它」或「牠」爲「ㄊㄜ」，大可不必，也行不開去。「它」或「牠」用得也太洋味兒，眞彆扭，有些實在可用「這個」「那個」。再代詞用得太多，好些重複是不必要的；而領位「的」字也用得太濫點兒。

（暑假中看《馬氏文通》，楊遇夫先生《高等國文法》，劉半農先生《中國文法講話》，胡適之先生《文存》裡的《爾汝篇》，對於人稱代名詞有些不成系統的意見，略加整理，寫成此篇。但所論只現代口語所用為限，作文寫信用的，以及念古書時所遇見的，都不在內。）

民國二十二年八月二十五日作

關於「月夜蟬聲」

我的荷塘月色那篇文裡提到蟬聲。抗戰前幾年有一位陳少白先生——陳先生的名字，我記憶的也許不準確——寫信給我，說蟬子夜晚是不叫的。那時我問了好幾個人，都說陳先生的話不錯。我於是寫信請教同事的昆蟲學家劉崇樂先生。過了幾天，他抄了一段書交給我，只說了一句話，「好不容易抄到這一段兒！」這一段兒出於什麼書，著者是誰，我都忘了。但是文中記錄的，確是月夜的蟬聲；著者說平常，夜晚蟬子是不叫的，那一個月夜，他卻聽見它們在叫。

當時我覺得劉先生既然「好不容易找到這一段兒」，而一般人在常識上又都覺得蟬子夜晚不叫，那麼那一段記錄也許是個例外。因此我覆陳先生的信，謝謝他，並簡單的告訴他我曾經請教過一位生物學家，這位生物學家也說夜晚蟬子不叫。信中沒有提劉先生的名字，因爲這些話究竟只是我的解釋；劉先生是謹愼的科學家，關於這問題，他自己其實沒有說一個字。信中我又說背影以後再版，要刪掉月夜蟬聲那句子。

抗戰的一年或其後一年，陳先生在正中書局的中學生月刊上發表了一篇文章，討論這問題，並引了我的信。他好像還引了王安石的葛溪驛詩的故事。詩中也提到月夜蟬聲；歷來都懷疑他那詩句，因爲大家都覺得夜暗蟬子不叫。這個故事增加這問題的興趣。但那時我自己卻已又有兩回親耳聽到月夜的蟬聲。我沒有記錄時間和地點等等，可是這兩回的經驗是確實的；因爲聽到的時候，我都曾馬上想到這問題和關於它的討論。

當時我讀了陳先生的文章，很想就寫封信給他，告訴他關於那位生物學家的我的曲解，和我的新的經驗，跟荷塘月色中所敘的有相同的地方。可惜不知道他的通信處，沒法寫這封信。於是又想寫短文說明這些情形，但是懶著沒有動筆。一懶就懶了這些年，眞是對不住陳先生和一些讀者。

從以上所敘述的可以知道觀察之難。我們往往由常有的經驗作概括的推論。例如由有些夜晚蟬子不叫，推論到所有的夜蟬子不叫。於是相信這種推論便是眞理。其實只是成見。這種成見足以使我們無視於不同的經驗，或加以歪曲的解釋。我自己在這兒是個有趣的例子。在荷塘月色那回經驗裡，我並不知道蟬子平常夜晚不叫。後來讀了陳先生的信，問了些別人，又讀到王安石葛溪驛詩的注，便跟隨著跳到「蟬子夜晚是不叫的」那概括的結論，而相信那是眞理。於是自己的經驗，認爲記憶錯誤，專家的記錄，認爲也許例外。這些足證成見影響之大。那後來的兩回經驗，若不是我有這切己的問題在心裡，也是很容易忽略過去的。新的觀察新的經驗的獲得，如此艱難，無怪乎葛溪澤的詩句久無定論了。

冬天

說起冬天，忽然想到豆腐。是「小洋鍋」（鋁鍋）白煮豆腐，熱騰騰的。水滾著，像好些魚眼睛，一小塊一小塊豆腐養在裡面，嫩而滑，彷彿反穿的白狐大衣。鍋在「洋爐子」（媒油不打氣爐）上，和爐子都得熏得烏黑烏黑，越顯出豆腐的白。這是晚上，屋子老了，雖點著「洋燈」，也還是陰暗。圍著桌子坐的是父親跟我哥兒三個。「洋爐子」太高了，父親得常常站起來，微微地仰著臉，覷著眼睛，從氤氳的熱氣裡伸進筷子，夾起豆腐，一一地放在我們的醬油碟裡。我們有時也自己動手，但爐子實在太高了，總還是坐享其成的多。這並不是吃飯，只是玩兒。父親說晚上冷，吃了大家暖和些。我們都喜歡這種白水豆腐；一上桌就眼巴巴望著那鍋，等著那熱氣，等著熱氣裡從父親筷子上掉下來的豆腐。

又是冬天，記得是陰曆十一月十六晚上。跟S君P君在西湖裡坐小划子，S君剛剛到杭州教書，事先來信說說：「我們要遊西湖，不管它是冬天。」那晚月色眞好；現在想起來還像照在身上。本來前一晚是「月當頭」；也許十一月的月亮眞有些特別吧。那時九點多了，湖上似乎只有我們一隻划子。有點風，月光照著軟軟的水波；當間那一溜兒反光，像新砑的銀子。湖上的山只剩了淡淡的影子。山下偶爾有一兩星燈火。S君口讚兩句詩道：「數星燈火認漁村，淡墨輕描遠黛痕。」我們都不大說話，只有均勻的槳聲。我漸漸地快睡著了。P君「喂」一下，才抬起眼皮，看見他在微笑。船夫問要不要上淨慈寺去；是阿彌陀佛生日，那邊蠻熱鬧的。到了寺裡，殿上燈爐輝煌，滿是佛婆念佛的聲音，好像醒了一場夢。這已是十多年前的事了，S君還常常通著信，P君聽說轉變了好幾次，前年是在一個特稅局裡收特稅了，以後便沒有消息。

在台州過了一個冬天，一家四口子。台州是個山城，可以說在一個大谷裡。只有一條二里長的大街。別的路上白天簡直不大見人；晚上一片漆黑。偶爾人家窗戶裡透出一點燈光，還有走路的拿著的火把；但那是少極了。我們住在山腳下。有的是山上松林裡的風聲，跟天上一隻兩隻的鳥影。夏天到那裡，春初便走，卻好像老在過著冬天似的；可是即便眞冬天也並不冷。我們住在樓上，書房臨著大路；路上有人說話，可以清清楚楚地聽見。但因爲走路的人太少了，間或有點說話的聲音，聽起來還只當遠風送來的，想不到就在窗外。我們是外路上，除上學校去之外，常只在家裡坐著。妻也慣了那寂寞，只和我們爺兒們守著。外邊雖老是冬天，家裡卻老是春天。有一回我上街去，回來的時候，樓下廚房大方窗開著，並排地挨著他們母子三人；三張臉都帶著天眞微笑的向著我。似乎台州空空的，只有我們四人；天地空空的，也只有我們四人。那時是民國十年，妻剛從家裡出來，滿自在。現在她死了快四年了，我卻還老記著她那微笑的影子。

無論怎麼冷，大風大雪，想到這些，我心上總是溫暖的。

擇偶記

自己是長子長孫，所以不到十一歲就說起媳婦來了。那時對於媳婦這件事簡直茫然，不知怎麼一來，就已經說上了。是曾祖母娘家人，在江蘇北部一個小縣分的鄉下住著。家裡人都在那裡住過很久；大概也帶著我；只是太笨了，記憶裡沒有留下一點影子。祖母常常躺在煙榻上講那邊的事，提著這個那個鄉下人的名字。起初一切都像只在那白騰騰的煙氣裡。日子久了，不知不覺熟悉起來了，親昵起來了。除了住的地方，當時覺得那叫做「花園莊」的鄉下實在是最有趣的地方了。因此聽說媳婦就定在那裡，倒也彷彿理所當然，毫無意見。每年那邊田上有人來，藍布短打扮，銜著旱煙管，帶好些大麥粉，白薯乾兒之類。他們偶然也和家裡人提到那位小姐，大概比我大四歲，個兒高，小腳；但是那時我熱心的其實還是那些大麥粉和白薯乾兒。

記得是十二歲上，那邊捎信來，說小姐癆病死了。家裡並沒有人嘆惜；大約他們看見她時她還小，年代一多，也就想不清是怎樣一個人了。父親其時在外省做官，母親頗爲我親事著急，便托了常來做衣服的裁縫做媒。爲的是裁縫走的人家多，而且可以看見太太小姐。主意並沒有錯，裁縫來說一家人家，有錢，兩位小姐，一位是姨太太生的；他給說的是正太太生的大小姐。他說那邊要相親。母親答應了，定下日子，由裁縫帶我上茶館。記得那是冬天，到日子母親讓我穿上棗紅寧綢袍子，黑寧綢馬褂，戴上紅帽結兒的黑緞瓜皮小帽，又叮囑自己留心些。茶館裡遇見那位相親的先生，方面大耳，同我現在年紀差不多，布袍布馬褂，像是給誰穿著孝。這個人倒是慈祥的樣子，不住地打量我，也問了些念什麼書一類的話。回來裁縫說人家看得很細；說我的「人中」長，不是短壽的樣子，又看我走路，怕腳上有毛病。總算讓人家看中了，該我們看人家了。母親派親信的老媽子去。老媽子的報告是，大小姐個兒我比大得多，坐下去滿滿一圈椅；二小姐倒苗苗條條的，母親說胖了不能生育，像親戚裡誰誰誰；教裁縫說二小姐。那邊似乎生了氣，不答應，事情就吹了。

母親在牌桌上遇見一位太太，她有個女兒，透著聰明伶俐。母親有了心，回家說那姑娘我我同年，跳來跳去的，還是個孩子。隔了些日子，便托人探探那邊口氣。那邊做的官似乎比父親的更小，那時正是光復（辛亥革命）的前年，還講究這些，所以他們樂意做這門親。事情已經到了九成九，忽然出了岔子。本家叔祖母用的一個寡婦老媽子熟悉這家子的事，不知怎麼教母親打聽著了。叫她來問，她的話遮遮掩掩的。到底問出來了，原來那小姑娘是抱來的，可是她一家很寵她，和親生的一樣。母親心冷了。過了兩年，聽說她已生了癆病，吸上鴨片煙了。母親說，幸虧當時沒有定下來。我已懂得一些事了，也這麼想著。

光復那年，父親生傷寒病，請了許多醫生看。最後請著一位武先生，那便是我後來的岳父。有一天，常去請醫生的聽差回來說，醫生家有位小姐。父親既然病著，母親自然更該擔心我的事。一聽這話，便追問下去。聽差原只順口談天，也說不出個所以然。母親便在醫生來時，教人問他轎夫，那位小姐是不是他家的。轎夫說是的。母親便和父親商量，托舅舅問醫生的意思。那天我正在父親榻旁，聽見他們的對話。舅舅問明小姐還沒有人家，便說，像X翁這樣人家怎麼樣？醫生說，很好呀。話到此爲止，接著便是相親；還是母親那個親信的老媽子去。這回報告不壞，說就是腳大些。事情這樣定局，母親教轎夫回去說，讓小姐裹上點兒腳。妻嫁過來後，說相親的時候早躲開了，看見的是另一個人。至於轎夫捎的信兒，卻引起了一段小小風波。岳父對岳母說，早教你給她裹腳，你不信；瞧，人家怎麼說來著！岳母說，偏偏不裹，看他家怎麼樣？可是到底採取了折衷的辦法，直到妻嫁過來的時候。

回來雜記

回到北平來，回到原來服務的學校裡，好些老天友見了面用道地的北京話道：「你回來啦！」是的，回來啦。去年剛一勝利，不用說是想回來的。可是這一年來的情形使我回來的心淡了，想像中的北平，物價像潮水一般漲，整個的北平也像在潮水裡晃蕩著。然而我終於回來了。飛機過北平城上時，那棋盤似的房屋，那點綴著的綠樹，那紫禁城，那一片黃琉璃瓦，在晚秋的夕陽裡，眞美。在飛機上看北平市，我還是第一次。這一看使我聯帶的想起北平的多少老好處，我忘懷一切，重新愛起北平來了。

在西南接到北平朋友的來信，說生活雖艱難，還不至如傳說之甚，說北平的街上還跟從前差不多的樣子。是的，北平就是糧食貴得兇，別的還差不離兒。因爲只有糧食貴得兇，所以從上海來的人，簡直鬆了一大口氣，只說「便宜呀！便宜呀」我們從重慶來的，卻沒有這樣胃口。再說雖然只有糧食貴得兇，然而糧食是人人要吃日日要吃的。這是一個濃重的陰影，罩著北平的將來。但是現在誰都有點兒且顧眼前，將來，管得它呢！糧食以外，日常生活的必需品，大致看來不算少；不是必需而帶點兒古色古香的那就更多。舊家具，小玩意兒，在小市裡，地攤上，有得挑選的，價錢合式，有時候並且很賤。這是北平老味道，就是不大有耐心去逛小市和地攤的我，也深深在領略著。從這方面看，北平算得是「有」的都市，西南幾個大城比起來真寒塵相了。再去故宮一看，赫，可了不得！雖然曾遊過多次，可是從西南回來這是第一次。東西真多，小市和地攤兒自然不在話下。逛故宮簡直使人不想買東西，買來買去，買多買少，算得什麼玩意兒！北平真「有」，真「有」它的！

北平不但在這方面和從前一樣「有」，並且在整個生活上差不多和從前一樣閒。本來有電車，又加上了公共汽車，然而大家還是悠悠兒的。電車有時來得很慢，要等得很久。從前似乎不至如此，也許是線路加多，車輛並沒有比例的加多吧？公共汽車也是來得慢，也要等得久。好在大家有的是閒工夫，慢點兒無妨，多等點時候也無妨。可是剛從重慶來的卻有些不耐煩。別瞧現在重慶的公共汽車不漂亮，可是快，上車，賣票，下車都快。也許是無事忙，可是快是眞的。就是在排班等著吧，眼看著一輛輛來車片刻上滿了客開了走，也覺痛快，比望眼欲穿的看不到來車的影子總好受些。重慶的公共汽車有時也擠，可是從來沒有像我那回坐宣武門到前門的公共汽車那樣，一面擠得不堪，一面賣票人還在中途站從容的給爭著上車的客人排難解紛。這眞閒得可以。

現在北平幾家大型報都有幾種副刊，中型報也有在拉人辦副刊的。副刊的水準很高，學術氣非常重。各報又都特別注重學校消息，往往專闢一欄登載。前一種現象別處似乎沒有，後一種現象別處雖然有，卻不像這兒的認眞——幾乎有聞必錄。北平早就被稱爲「大學城」和「文化城」，這原是舊調重調，不過似乎彈得更響了。學校消息多，也許還可以認爲有點生意經；也許北平學生多，這麼著報可以多銷些？副刊多卻決不是生意經，因爲有些副刊的有些論文似乎只有一些大學教授和研究院學生能懂。這種論文原應該出現在專門雜誌上，但目前出不起專門雜誌，只好暫時委屈在日報的餘幅上；這在編副刊的人是有理由的。在報館方面，反正可以登載的材料不多，北平的廣告又未必太多，多來它幾個副刊，一面配合著古城裡看重讀書人的傳統，一面也可以鎮靜鎮靜這多少有點兒晃蕩的北平市，自然也不錯。學校消息多，似乎也有點兒配合看重讀書人的傳統的意思。研究學術本來要優閒，這古城裡向來看重的讀書人正是那優閒的讀書人。我也愛北平的學術空氣，自己也只是一個悠閒的讀書人，並且最近也主編了一個帶學術性的副刊，不過還是覺得這麼多的這麼學術的副刊確是北平特有的閒味兒。

然而北平究竟有些和從前不一樣了。說它「有」吧，它「有」貴重的古董玩器，據說現在主顧太少了。從前買古董玩器送禮，可以巴結個一官半職的。現在據說懂得愛古董玩器的就太少了。禮還是得送，可是上了句古話，什麼人愛鈔，什麼人都愛鈔了。這一來倒是簡單明瞭，不過不是老味道了。古董玩器的冷落還不足奇，更使我注意的是中山公園和北海等名勝的地方，也蕭條起來了。我剛回來的時候，天氣還不冷，有一天帶著孩子們去逛北海。大禮拜的，漪瀾堂的茶座上卻只寥寥的幾個人。聽隔家茶座的伙計在向一位客人說沒有點心賣，他說因爲客人少，不敢預備。這些原是中等經濟的人物常到的地方；他們少來，大概是手頭不寬，心頭也不寬了吧。

中等經濟的人家確乎是緊起來了。一位老住北平的朋友的太太，原來是大家小姐，不會做家裡粗事，只會做做詩，畫畫畫。這回見了面，瞧著她可真忙。她告訴我，佣人減少了，許多事只得自己幹；她笑著說現在操練出來了。她幫忙我捆書，既麻利，也還結實；想不到她也真操練出來了。這固然也是好事，可是北平到底不和從前一樣了。窮得沒辦法的人似乎也更多了。我太太有一晚九點來鐘帶著兩個孩子走進宣武門裡一個小胡同，剛進口不遠，就聽見一聲「站住！」向前一看，十步外站著一個人，正在從黑色的上裝裡掏什麼，說時遲那時快，順著燈光一瞥，掏出來乃是一把明晃晃的尖刀！我太太大聲怪叫，趕緊轉身向胡同口跑，孩子們也跟著怪叫，跟著跑。絆了石頭，母子三個都摔倒；起來回頭一看，那人也轉了身向胡同裡跑。想來是剛走這個道兒，要不然，他該在胡同中間等著，等來人近身再喊「站住！」這也許真是到了無可奈何才來走險的。近來報上常見路劫的記載，想來這種新手該不少吧。從前自然也有路劫，可沒有聽說這麼多。北平是不一樣了。

電車和公共汽車雖然不算快，三輪車卻的確比洋車快得多。這兩種車子的競爭是機械和人力的競爭，洋車顯然落後。洋車夫只好要賤賣自己的勞力。有一回雇三輪兒，出價四百元，三輪兒定要五百元。一個洋車夫趕上來說，「我去，我去。」上了車他向我說要不是三輪兒，這麼遠這個價他是不幹的。還有在雇三輪兒的時候常有洋車夫趕上來，若是不理他，他會說「不是一樣嗎？」可是，就不一樣！三輪車以外，自行車也大大的增加了。騎自行車可以省一大筆交通費。出錢的人少，出力的人就多了。省下的交通費可以幫補幫補肚子，雖然是小補，到底是小補啊。可是現在北平街上可不是鬧著玩的，騎車不但得出力，有時候還得拚命。按說北平的街道夠寬的，可是近來常出事兒。我剛回來的一禮拜，就死傷了五、六個人。其中王振華律師就是在自行車上被撞死的。但是據報載，交通警察也很怕咱們自己的軍車。警察卻不怕自行車，更不怕洋車和三輪兒。他們對洋車和三輪兒倒是一視同仁，一個不順眼就拳腳一齊來。曾在宣武門裡一個胡同口看見一輛三輪兒橫在口兒上和人講價，一個警察走來，不問三七二十一，抓住三輪車夫一頓拳打腳踢。拳打腳踢倒從來如此，他卻罵得怪，他罵道，「X你有民主思想的媽媽！」那車夫挨著拳腳不說話，也是從來如此。可是他也怪，到底三輪車夫吧，在警察去後，卻向著背影責問道，「你有權利打人嗎？」這兒看出了時代的影子，北平是有點兒晃蕩了。

別提這些了，我是貪吃得了胃病的人，還是來點兒吃的。在西南大家常談到北平的吃食，這呀那的，一大堆。我心裡卻還惦記一樣不登大雅的東西，就是馬蹄兒燒餅夾果子。那是一清早在胡同裡提著筐子叫賣的。這次回來卻還沒有吃到。打聽住家人，也少聽見了。這馬蹄兒燒餅用硬麵做，用吊爐烤，薄薄的，卻有點韌，夾果子（就是脆而細的油條）最是相得益彰，也脆，也有咬嚼，比起有心子的芝麻醬燒餅有意思得多。可是現在劈柴貴了，吊爐少了，做馬蹄兒並不能多賣錢，誰樂意再做下去！於是大家一律用芝麻醬燒餅夾夾果子了。芝麻醬燒餅厚，倒更管飽些。然而，然而不一樣了。

論吃飯

我們有自古流傳的兩句話：一是「衣食足則知榮辱」，見於《管子》「牧民」篇，一是「民以食爲天」，是漢朝酈食其說的。這些都是從實際政治上認出了民食的基本性，也就是說從人民方面看，吃飯第一。另一方面，告子說，「食，色，性也」，是從人生哲學上肯定了食是生活的兩大基本要求之一。《禮記》「禮運」篇也說到「飲食男女，人之大慾焉」，這更明白。照後面這兩句話，吃飯和性慾是同等重要的，可是照這兩句話裡的次序，「食」或「飲食」都在前頭，所以還是吃飯第一。

這吃飯第一的道理，一般社會似乎也都默認。雖然歷史上沒有明白的記載，但是近代的情形，據我們的耳聞目見，似乎足以教我們相信從古如此。例如蘇北的飢民群到江南就食，差不多年年有。最近天津《大公報》登載的費孝通先生的〈不是崩潰是癱瘓〉一文中就提到這個。這些難民雖然讓人們討厭，可是得給他們飯吃。給他們飯吃固然也有一二成出於慈善心，就是惻隱心，但是八九是怕他們，怕們鋌而走險，「小人窮斯濫矣」，什麼事做不出來！給他們飯吃，江南人算是認了。

可是法律管不著他們嗎？官兒管不著他們嗎？幹嘛要怕要認呢？可是法律不外乎人情，沒飯吃要吃飯是人情，人情不是法律和官兒壓得下的。沒飯吃會餓死，嚴刑峻罰大不了也只是個死，這是一群人，群就是力量：誰怕誰！在怕的倒是那些有飯吃的人們，他們沒奈何只得認點兒。所謂人情，就是自然的需求，就是基本的慾望，其實也就是基本的權利。但是飢民群還不自覺有這種權利，一般社也還不會認清他們有這種權利；飢民群只是衝動的要飯吃，而一般社會給他們飯吃，也只是默認了他們的道理，這道理就是吃飯第一。

三十年夏天筆者在成都住家，知道了所謂「吃大戶」的情形。那正是青黃不接的時候，天又乾，米糧大漲價，並且不容易買到手。於是乎一群一群的貧民一面搶米倉，一面「吃大戶」。他們開進大戶人家，讓他們煮出飯來吃了就走。這叫做

「吃大戶」。「吃大戶」是和平的手段，照慣例是不能拒絕的，雖然被吃的人家不樂意。當然眞正有勢力的尤其有槍桿的大戶，窮人們也識相，是不敢去吃的。敢去吃的那些大戶，被吃了也只好認了。那回一直這樣吃了兩三天，地面上一面趕辦平糶，一面嚴令禁止，才打住了。據說這「吃大戶」是古風；那麼上文說的飢民就食，該更是古風吧。

但是儒家對於吃飯卻另有標準。孔子認爲政治的信用比民食更重，孟子倒以民食爲仁政的根本；這因爲春秋時代不必爭取人民，戰國時代就非爭取人民不可。然而他們論到士人，卻都將吃飯看做一個不足重輕的項目。孔子說，「君子固窮」，說吃粗飯，喝冷水，「樂在其中」，又稱讚顏回吃喝不夠，「不改其樂」。道學家稱這種樂處爲「孔顏樂處」，他們教人「尋孔顏樂處」，學習這種爲理想而忍飢挨餓的精神。這理想就是孟子說的「窮則獨善其身，達則兼善天下」，也就是所謂「節」和「道」。孟子一方面不贊成告子說的「食，色，性也」，一方面在論「大丈夫」的時候列入了「貧賤不能移」一個條件。戰國時代的「大丈夫」，相當於春秋時的「君子」，都是治人的勞心的人。這些人雖然也有餓飯的時候，但是一朝得了時，吃飯是不成問題的，不像小民往往一輩子爲了吃飯而掙扎著。因此士人就不難將道和節放在第一，而認爲吃飯好像是一個不足重輕的項目了。

伯夷叔齊據說反對周武王伐紂，認爲以臣伐君，因此不食周粟，餓死在首陽山。這也是只顧理想的節而不顧吃飯的。配合著儒家的理論，伯夷叔齊成爲士人立身的一種特殊的標準。所謂特殊的標準就是理想的最高的標準；士人雖然不一定人人都要做到這地步，但是能夠做到這地步最好。

經過宋朝道學家的提倡，這標準更成了一般的標準，士人連婦女都要做到這地步。這就是所謂「餓死事小，失節事大。」這句話原來是論婦女的，後來卻擴而充之普遍應用起來，造成了無數的慘酷的愚蠢的殉節事件。這正是「吃人的禮教」。人不吃飯，禮教吃人，到了這地步總是不合理的。

士人對於吃飯卻還有另一種實際的看法。北宋的宋郊宋祁兄弟倆都做了大官，住宅挨著。宋祁那邊常常宴會歌舞，宋郊聽不下去，教人和他弟弟說，問他還記得當年在和尚廟裡咬菜根否？宋祁卻答得妙；請問當年咬菜根是爲什麼來著！這正是所謂「吃得苦中苦，方爲人上人。」做了「人上人」，吃得好，穿得好，玩兒得好；「兼善天下」於是成了個幌子。照這個看法，忍飢挨餓或者吃粗飯，喝冷水，只是爲了有朝一日可以大吃大喝，痛快的玩兒。吃飯第一原是人情，大多數士人恐怕正是這麼在想。不過宋郊宋祁的時代，道學剛起頭，所以宋祁還敢公然表示他的享樂主義；後來士人的地位增進，責任加重，道學的嚴格的標準掩護著也約束著在治者地位的士人，他們大多數心裡儘管那麼在想，嘴裡卻就不敢說出。嘴裡雖然不敢說出，可是實際上往往還是在享樂著。於是他們多吃多喝，就有了少吃少喝的人；這少吃少喝的自然是被治的廣大的民眾。

民眾，尤其農民，大多數是聽天由命安分守己的，他們慣於忍飢挨餓，幾千年來都如此。除非到了最後關頭，甚至於造反，都是被逼得無路可走才如此。這裡可以注意的是他們不說話；「不得了」就行動，忍得住就沈默。他們要飯吃，卻不知道自己應該有飯吃；他們行動，卻覺得這種行動是不合法的，所以就索性不說什麼話。說話的還是士人。他們由於印刷的發明和教育的發展等等，人數加多了，吃飯的機會可並不加多，於是許多人也感到吃飯難了。這就有了「世上無如吃飯難」的慨嘆。雖然難，比起小民來還是容易。因爲他們究竟屬於治者，「百足之蟲，死而不僅，」有的是做官的本家和親戚朋友，總得給口飯吃；這飯並且總小民吃的好。孟子說做官可以讓「所識窮乏者得我」，自古以來做了官就有引用窮本家窮親戚窮朋友的義務。到了民國，黎元洪總統更提出了「有飯大家吃」的話。這眞是「菩薩」心腸，可是當時只當作笑話，原來這句話說在一位總統嘴裡，就是賢愚不分，賞罰不明，就是糊塗。然而到了那時候，這句話卻已經藏在差不多每一個士人的心裡。難得的倒是這糊塗！

第一次世界大戰加上五四運動，帶來了一連串的變化，中華民國在一顚一拐的走著之字路，走向現代化了。我們有了知識階級，也有了勞動階級，有了索薪，也有了罷工，這些都在要求「有飯大家吃」。知識階級改變了士人的面目，勞動階級改變了小民的面目，他們開始了集體的行動；他們不能再安貧樂道了，也不能再安分守己了，他們認出了吃飯是天賦人權，公開的要飯吃，不是大吃大喝，是夠吃夠喝，甚至於只要有吃有喝。然而這還只是剛起頭。到了這次世界大戰當中，羅斯福總統提出了四大自由，第四項是「免於匱乏的自由」。「匱乏」自然以沒飯吃爲首，人們至少該有免於沒飯吃的自由。這就加強了人民的吃飯權，也肯定了人民的吃飯的要求；這也是「有飯大家吃」，但是著眼在平民，在全民，意義大不同了。

抗戰勝利後的中國，想不到吃飯更難，沒飯吃的也更多了。到了今天一般人民眞是不得了，再也忍不住了，吃不飽甚至沒飯吃，什麼禮義什麼文化都說不上。這日子就是不知道吃飯權也會起來行動了，知道了吃飯權的，更怎麼能夠不起來行動，要求這種「免於匱乏的自由」呢？於是學生寫出「飢餓事大，讀書事小」的標語，工人喊出「我們要吃飯」的口號。這是我們歷史上第一回一般人民公開的承了吃飯第一。這其實比悶在心裡糊塗的騷動好得多；這是集體的要求，集體是有組織的，有組織就不容易大亂了。可是有組織也不容易散；人情加上人權，這集體的行動是壓不下也打不散的，直到大家有飯吃的那一天。

生命的價格——七毛錢

生命本來不應該有價格的；而竟有了價格！人販子，老鴇，以至近來的綁票土匪，都就他們的所有物，標上參差的價格，出賣於人；我想將來許還有公開的人市場呢！在種種「人貨」裡，價格最高的，自然是土匪們的票了，少則成千，多則成萬；大約是有歷史以來，「人貨」的最高的行情了。其次是老鴇們所有的妓女，由數百元到數千元，是常常聽到的。最賤的要算是人販子的貨色！他們所有的，只是些男女小孩，只是些「生貨」，所以便賣不起價錢了。

人販子只是「仲賣人」，他們還得取給於「廠家」，便是出賣孩子們的人家。「廠家」的價格才眞是道地呢！「青光」裡曾有一段記載，說三塊錢買了一個丫頭；那是移讓過來的，但價格之低，也就夠令人驚詫了！「廠家」的價格，卻還有更低的！三百錢，五百錢買一個孩子，在災荒時不算難事！但我不曾見過。我親眼看見的一條最賤的生命，是七毛錢買來的！這是一個五歲的女孩子。一個五歲的「女孩子」賣七毛錢，也許不能算是最賤；但請您細看：將一條生命的自由和七枚小銀元各放在天秤的一個盤裡，您將發現，正如九頭牛與一根牛毛一樣，兩個盤兒的重量相差實在太遠了！

我見這個女孩，是在房東家裡。那時我正和孩子們吃飯；妻走來叫我看一件奇事，七毛錢買來的孩子！孩子端端正正的坐在條凳上；面孔黃黑色，但還豐潤；衣帽也還整潔可看。我看了幾眼，覺得和我們的孩子也沒有什麼差異；我看不出她的低賤的生命的符記——如我們看低賤的貨色時所容易發見的符記。我回到自己的飯桌上，看看阿九和阿菜，始終覺得和那個女孩子沒有什麼不同！但是，我畢竟發現眞理了！我們的孩子所以高貴，正因爲我們不曾出賣他們，而那個女孩所以低賤，正因爲她是被出賣的；這就是她只值七毛錢的緣故了！呀，聰明的道理！

妻告訴我這孩子沒有父母，她哥嫂將她賣給房東家姑爺開的銀匠店裡的伙計，便是帶著她吃飯的那個人。他似乎沒有老婆，手頭很窘的，而且喜歡喝酒，是一個糊塗的人！我想這孩子父母若還在世，或者還捨不得賣她；至少也要遲幾年賣她；因爲她究竟是可憐可憐的小羔羊。到了哥嫂的手裡，情形不同了！家裡總不寬裕，多一張嘴吃飯，多費些布做衣，是顯而易見的。將來人大了，由哥嫂賣出，究竟是爲難的；說不定還得找補些兒，才能送出去。這可多麼冤呀！不如趁小的時候，誰也不注意，做個人情，送了乾淨！您想，溫州不算十分窮苦的地方，也沒碰著大荒年，幹什麼得了七個小毛錢，就心甘情願的將自己的小妹子捧給人家呢？說等錢用？誰也不信！七毛錢了得什麼急事！溫州又不是沒人買的！大約買賣兩方本來相知；那邊恰要個孩子玩兒，這邊也樂得出脫，便半送半賣的含糊定了交易。我猜想那時伙計向袋裡一摸，一股腦兒掏了出來，只有七毛錢！哥哥原也不指望著這筆錢用，也就大大方方收了完事。於是財貨兩交，那女孩便歸伙計管業了！

這一筆交易的將來，自然是在運命手裡；女兒本姓「碰」，由她去碰罷了！但可知的，運命絕不加惠於她！第一幕的戲已啓示於我們了！照妻所說，那伙計必無這樣耐心，撫養她成人長大！他將像豢養小豬一樣，等到相當的肥壯的時候，便賣給屠戶，任他宰割去；這其間他得了賺頭，是理所當然的！但屠戶是誰呢？在她賣做丫頭的時候，便是主人！「仁慈的」主人只宰割她相當的勞力，如養羊而剪它的毛一樣。到了相當的年紀，便將她配人，能夠這樣，她雖然被擲在丫頭坯裡，卻還算不幸中之幸哩。但在目下這錢世界裡，如此大方的人究竟是少的；我們所見的，十有六七是刻薄人！她若賣到這種人手裡，他們必搾榨她過量的勞力。供不應求時，便罵也來了，打也來了！等她成熟時，卻又好轉賣給人家作妾；平常搾榨的不夠，這兒又找補一個尾子！偏生這孩子模樣兒又不好；入門不能得丈夫的歡心，容易遭大婦的凌虐，又是顯然的！她的一生，將消磨於眼淚中了！也有些主人自己收婢作妾的；但紅顏白髮，也只空斷送了她的一生！和前例相較，只是五十步與百步而已。——更可危的，她若被那伙計賣在妓院，老鴇才眞是個令人肉顫的屠戶呢！我們可以想到：她怎樣逼她學彈學唱，怎樣驅遣她去做粗活！怎樣用藤筋打她，用針刺她！怎樣督責她承歡賣笑！她怎樣吃殘羹冷飯！怎樣打熬著不得睡覺！怎樣終於生了一身毒瘡！她的像貌使她只能做下等的妓女；她的淪落風塵是終生的！她的悲劇也是終生的！——唉！七毛錢竟買了你的全生命——你的血肉之軀竟抵不上區區七個小銀元嗎？生命眞太賤了！生命眞太賤了！

因此想到自己的孩子的運命，眞有些膽寒！錢世界裡的生命市場存在一日，都是我們孩子的危險，都是我們孩子的侮辱！您有孩子的人呀，想想看，這是誰之罪呢？這是誰之責呢？

航船中的文明

第一次乘夜航船，從紹興府橋到西興渡口。

紹興到西興本有汽油船。我因急於來杭，又因年來逐逐於火車輪船之中，也想「回到」航船裡，領略先代生活的異樣的趣味，所以不顧親戚們的堅留和勸說（他們說航船裡是很苦的），毅然決然的於下午六時左右下了船。有了「物質文明」的汽油船，卻又有「精神文明」的航船，使我們徘徊其間，左右顧而樂之，眞是二十世紀中國人的幸福了！

航船中的乘客大都是小商人；兩個軍弁是例外。滿船沒有一個士大夫；我區區或者可充個數兒，——因爲我曾讀過幾年書，又忝爲大夫人後——但也是例外之例外！眞的，那班士大夫到那裡去了呢？這不消說得，都到了輪船裡去了！士大夫雖也搴著大旗擁護精神文明，但千慮不免一失，竟爲那物質文明的孫兒，滿身洋油氣的小玩意兒騙得定定的，忍心害理的撇了那老相好。於是航船所以照常行駛，而光彩已減少許多！這確是一件可以慨嘆的事；而「國粹將亡」的呼聲，似也不是徒然的了。嗚呼，是誰之咎歟？

既然來到這「精神文明」的航船裡，正可將船裡的精神文明考察一番，才不虛此一行。但從那裡下手呢？這可有些爲難。躊躇之間，恰好來了一個女人。——我說「來了」，彷彿親眼看見，而孰知不然；我知道她「來了」，是在聽見她尖銳的語音的時候。至於她的面貌，我至今還沒看見呢。這第一要怪我的近視眼，第二要怪那襲人的暮色，第三要怪——哼——要怪那「男女分坐」的精神文明了。女人坐在前面，男人坐在後面；那女人離我至少有兩丈遠，所以便不可見其臉了。且慢，這樣左怪右怪，「其詞若有憾焉」，你們或者猜想那女人怎樣美呢。而孰知又大大的不然！我也曾「約略的」看來，都是鄉下的黃面婆而已。至於尖銳的語音，那是少年的婦女所常有的，倒也不足爲奇。然而這一次，那來了的女人的尖銳的語音竟致勞動區區的執筆者，卻又另有緣故。在那語音裡，表示出對於航船裡精神文明的抗議；她說，「男人女人都是人！」她要坐到後面來，（因前面太擠，實無他故，合併聲明，）而航船裡的「規矩」是不許的。船家攔住她，她仗著她不是姑娘了，便老了臉皮，大著膽子，慢慢的說了那句話。她隨即坐在原處，而「批評家」的議論繁然了。一個船家在船沿上走著，隨便的說，「男人女人都是人，是的，不錯。做秤勾的的也是鐵，做秤錘的也是鐵，都是鐵呀！」這一段批評大約十分巧妙，說出諸位「批評家」所要說的，於是衆喙都息，這便成了定論。至於那女人，事實上早已坐下了；「孤掌難鳴」，或者她飽飫了諸位「批評家」的宏論，也不要鳴了吧。「是非之心」，雖然「人皆有之」，而撐船經商者流，對於名教之大防，竟能剖辨得這樣「詳明」，也著實虧他們了。中國畢竟是禮義之邦，文明之古國呀！——我悔不該亂怪那「男女分坐」的精神文明了！

「禍不單行」，湊巧又來了一個女人。她是帶著男人來的。——呀，帶著男人！正是；所以才「禍不單行」呀！——說得滿口好紹興的杭州話，在黑暗裡隱隱露著一張白臉；帶著五、六分城市氣。船家照他們的「規矩」，要將這一對兒生刺刺的分開；男人不好意思做聲，女的卻搶著說，「我們是『一堆生』（即『一塊兒』）的！」太親熱的字眼，竟在「規規矩矩的」航船裡說了！於是船家命令的嚷道：「我們有我們的規矩，不管你『一堆生』不『一堆生』的！」大家都微笑了。有的沈吟的說：「一堆生的？」有的驚奇的說：「一『堆』生的！」有的嘲諷的說：「哼，一堆生的！」在這四面楚歌裡，憑你怎樣伶牙俐齒，也只得服從了！「婦者，服也」，這原是她的本行呀。只看她毫不置辯，毫不懊惱，還是若無其事的和人攀談，便知她確乎是「服也」了。這不能不感謝船家和乘客諸公「衛道」之功；而論功行賞，船家尤當首屈一指。嗚呼，可以風矣！

在黑暗裡征服了兩個女人，這正是我們的光榮；而航船中的精神文明，也粲然可見了——於是乎書。

白種人——上帝的驕子！

去年暑假到上海，在一路電車的頭等裡，見一個大西洋人帶著一個小西洋人，相併地坐著。我不能確說他倆是英國人或美國人；我只猜他們是父與子。那小西洋人，那白種的孩子，不過十一、二歲光景，看去是個可愛的小孩，引我久長的注意。他戴著平頂硬草帽，帽檐下端正地露著長圓的小臉。白中透紅的面頰，眼睛上有著金黃的長睫毛，顯出和平與秀美。我向來有種癖氣：見了有趣的子孩，總想和他親熱，做好同伴；若不能親熱，便隨時親近親近也好。在高等小學時，附設的初等裡，有一個養著烏黑的西髮的君，眞是依人的小鳥一般；牽著他的手問他的話時，他只靜靜地微著頭，小聲兒回答——我不常看見他的笑容，他的臉老是那麼幽靜和眞誠，皮下卻燒著親熱的火把。我屢次讓他到我家來，他總不肯；後來兩年不見，他便死了。我不能忘記他！我牽過他的小手，又摸過他的圓下巴。但若遇著陌生的小孩，我自然不能這麼做，那可有些窘了；不過也不要緊，我可用我的眼睛看他——一回，兩回，十回，幾十回！孩子大概不很注意人的眼睛，所以儘可自由地看，和看女人要遮遮掩掩的不同。我凝視過許多初會面的孩子，他們都不曾我向抗議；至多拉著同在的母親的手，或倚著她的膝頭，將眼看她兩看罷了。所以我膽子很大。這回在電車裡又發了老癖氣，我兩次三番地看那白種的孩子，小西洋人！

初時他不注意或者不理會我，讓我自由地看他。但看了不幾回，那父親站起來了，兒子也站起來了，他們將到站了。這時意外的事來了。那小西洋人本坐在我的對面；走近我時，突然將臉儘力地伸過來了，兩隻藍眼睛大大地睜著，那好看的睫毛已看不見了；兩頰的紅也已褪了不少。和平，秀美的臉一變而爲粗俗，兇惡的臉了！他的眼睛裡有話：「咄！黃種人，黃種的支那人，你——你看吧！你配看我！」他已失了天眞的稚氣，臉上滿佈著橫秋的老氣了！我因此寧願稱他爲「小西洋人」。他伸著臉向我足有兩秒鐘；電車停了，這才勝利地掉過頭，牽著那大西洋人的手走了。大西洋人比兒子似乎要高出一半；這時正注目窗外，不曾看見下面的事。兒子也不去告訴他，只獨斷獨行地伸他的臉；伸了臉之後，便又若無其事的，始終不發一言——在沈默中得著勝利，凱旋而去。不用說，這在我自然是一種襲擊，「出其不意，攻其不備」的襲擊！

這突然的襲擊使我張皇失措；我的心空虛了，四面的壓迫很嚴重，使我呼吸不能自由。我曾在N城的一座橋上，遇見一個女人；我偶然地看她時，她卻垂了長長的黑睫毛，露出老練和鄙夷的神色。那時我也感著壓迫和空虛，但比起這一次，就稀薄多了：我在那小西洋人兩顆槍彈似的眼光之下，茫然地覺得有被吞食的危險，於是身子不知不覺地縮小——大有在奇境中的阿麗思的勁兒！我木木然送那父與子下了電車，在馬路上開步走；那小西洋人竟未一回頭，斷然地去了。我這時有了迫切的國家之感！我做著黃種的中國人，而現在還是白種人的世界，他們的驕傲與殘踏當然會來的；我所以張皇失措而覺著恐怖者，雖然那驕傲我的，踐踏我的，不是別人，只是一個十來歲的「白種的」孩子，竟是一個十來歲的白種的「孩子」！我向來總覺得孩子應該是世界的，不應該是一種，一國，一鄉，一家的。我因此不能容忍中國的孩子叫西洋人為「洋鬼子」。但這個十來歲的白種的孩子，竟已被擨入人種與國家的兩種定型裡了。他已懂得憑著人種的優勢和國家的強力，仲著臉襲擊我了。這一次襲擊實是許多次襲擊的小影，他的臉上便縮印著一部中國的外交史。他之來上海，或無多日，或久，耳濡目染，他的父親，親長，先生，父執，乃至同國，同種，都以驕傲踐踏對付中國人；而他的讀物也推波助瀾，將中國編排得一無是處，以長他自己的威風。所以他向我伸臉，絕非偶然而已。

這是襲擊，也是侮蔑，大大的侮蔑！我因了自尊，一面感著空虛，一面卻又感著憤怒；於是有了迫切的國家之念。我要詛咒這小小的人！但我立刻恐怖起來了：這到底只是十來歲的孩子呢，卻已被傳統所埋葬；我們所日夜想望著的「赤子之心」，世界之世界，（非某種人的世界，更非某國人的世界！）眼見得在正來的一代，還是毫無信息的！這是你的損失，我的損失，他的損失，世界的損失；雖然是怎樣渺小的一個孩子！但這孩子卻也有可敬的地方：他的從容，他的沈默，他的獨斷獨行，他的一去不回頭，都是力的表現，都是強者適者的表現。絕不婆婆媽媽的，絕不黏黏搭搭的，一針見血，一刀兩斷，這正是白種人之所以為白種人。

我眞是一個矛盾的人。無論如何，我們最要緊的還是看看自己，看看自己的孩子！誰也是上帝之驕子，這和昔日的王侯將相一樣，是沒有種的！

朱自清年譜

朱自清（一八九八年十一月二十二日～一九四八年八月十二日），原名自華，字佩弦，號秋實。原籍浙江紹興，生於江蘇東海，長大於江蘇揚州，故稱「我是揚州人」。現代中國著名詩人、散文家、學者，所著合編爲《朱自清全集》。朱自清在北京大學畢業，曾任清華大學中文系教授、系主任。

- **一八九八年**　生於江蘇省東海縣，原籍爲浙江紹興，因其世代居住於揚州，自稱揚州人，本名自華，後改名自清。
- **一九一六年**　考入北京大學預科，翌年，升大學部哲學系，積極參加五四運動，奉父母之命與揚州名醫武威三的女兒鍾謙結婚。
- **一九一七年**　家庭經濟困頓，爲惕勵自己不隨流俗合污，暑假改名自清。「自清」出自

《楚辭・卜居》意思爲廉潔正直使自己保持清白。字佩弦，因朱自清自感性情遲緩，感於《韓非子》中「董安於之性緩，故佩弦以自急」之語，乃字「佩弦」以自警策。

- **一九一九年** 開始寫作新詩，處女作爲《睡吧，小小的人》而後收錄於《雪朝》
- **一九二〇年** 畢業於北京大學哲學系，後任教於杭州第一師範，十一月，文學研究會正式成立，其爲早期會員之一。
- **一九二二年** 與俞平伯，葉聖陶，劉延陵創辦《詩》月刊，爲新詩運動以來最早的詩刊，辦七期即停刊。
- **一九二三年** 開始寫作散文，處女作《槳聲燈影裡的秦淮河》一發表及獲好評，周作人曾讚譽爲〔白話美術文的模範〕。
- **一九二四年** 出版詩和散文集《蹤跡》。在思想和藝術上呈現出一種純正樸實的新鮮作風。其中《光明》《新年》《煤》《送韓伯畫往俄國》《羊群》《小艙中的現代》等，熱切地追求光明，憧憬未來，有力地抨擊黑暗的世界，揭露血淚的人生，描述著反帝反封建的革命精神，爲初期新詩中難得的作品。
- **一九二五年** 主編《我們的六月》出版，不久，便到清華大學任教，開始從事文學研究，創作方面則轉以散文爲主，這是他一生服務清華大學暨學習研究中國古典文學的開始。

- **一九二八年** 第一本散文集《背影》出版，集中所作，爲個人眞切的見聞和獨到的感受，以平淡樸素而又清新秀麗的優美文筆獨樹一幟。
- **一九三一年** 留學英國，進修語言學和英國文學。
- **一九三二年** 與陳竹隱女士結婚。
- **一九三四年** 《文學季刊》散文雜誌《太白》創刊，其爲兩者之編輯人之一。
- **一九三五年** 編輯《〈中國新文學大系〉詩集》並撰寫《導言》。出版散文集《你我》，這一時期，朱自清散文情致雖稍遜於早期，但構思的精巧、態度的誠懇仍一如既往，文學的口語化則更爲自然、洗練。
- **一九三八年** 到昆明，任北京大學、清華大學、南開大學合併的西南聯合大學中國文學系主任，當選爲中華全國文藝界抗敵協會理事。在抗日戰爭中，不顧生活清貧，以認眞嚴謹的態度從事教學和文學研究，曾與葉聖陶合著《國文教學》等書。
- **一九四六年** 主編新生報《語言與文學》副刊。
- **一九四八年** 八月十二日因胃潰瘍死於北平醫院，年五十一歲。十月二十四日葬於北平西郊萬安公墓。

國家圖書館出版品預行編目資料

背　影／朱自清 著　初版，新北市，
新視野 New Vision，2022.03
面；　公分 --
ISBN 978-626-95484-0-8（平裝）

855　　110021943

背　影
朱自清　著

主　　編　林郁
出　　版　新視野 New Vision
製　　作　新潮社文化事業有限公司
電話 02-8666-5711
傳真 02-8666-5833
E-mail：service@xcsbook.com.tw

印前作業　東豪印刷事業有限公司
印刷作業　福霖印刷有限公司

總 經 銷　聯合發行股份有限公司
新北市新店區寶橋路 235 巷 6 弄 6 號 2F
電話 02-2917-8022
傳真 02-2915-6275

初　　版　2022 年 3 月